작은 곰

작은 곰

글·그림 이희우

나의 유년 시절에게

차례

1

막 상처가 아문 터였다. 작은 곰은 몇 주 동안 꼼짝도 않고 캄캄한 고목 안에서 보냈다. 밖으로 나오자 청명을 찌를 듯 높게 솟구친 가문비나무 사이로 한 줄기 햇살이 비췄다. 사방을 덮은 초록색 이끼와 무성한 고사리로 고요한 가운데 숲은 깊게 잠든 듯했다. 잎에 맺힌 물방울이 조그마한 웅덩이로 떨어지는 청아한 소리와 멀리 딱따구리가 나무를 쪼는 소리만 들려왔다. 평온해 보이는 숲속 오후의 풍경이다. 하지만 작은 곰에게는 적막으로 느껴졌다. 그날의 어미 곰을 생각하면 당장이라도 왈칵 눈물이 쏟아질 것만 같았다.

같은 날 낳은 새끼 한 마리를 먼저 떠나보내서였을까, 작은 곰을 향한 어미 곰의 사랑은 각별했다. 한시도 곁에서 떨어뜨리는 법이 없었다. 아직 어린 곰으로서 이해하기 어려운 생태계 최상위 포유류인 곰으로 살아가는 방법과 책임이라든지 자연의 이치에 대해 이야기했고, 먹이 또한 늘 신선하고 영양가 높은 것을 먹이려고 노력했다.

그날도 무지갯빛 송어를 먹이기 위해 작은 곰을 데리고 터전으로 삼은 호숫가에서 제법 멀리 떨어진 강 상류를 찾았다. 그곳에 밀렵꾼이 자주 출몰한다는 소문은 동물들 사이에서 익히 퍼져 있는 터라 불안한 마음이 들기는 했지만, 아둔하리만큼 사랑이 넘치는 어미 곰은 작은 곰에게 꼭 싱싱한 송어를 먹이고 싶었다.

아니나 다를까 불안한 마음은 적중했다. 얕지만 제법 세찬 강물에 발을 담근 채 송어 사냥에 정신이 팔린 두 마리 곰을 노련한 밀렵꾼이 놓칠 리 만무했다. 밀렵꾼은 옷 곳곳에 송진을 묻혀 사람 냄새를 지운 뒤였기에 사정거리까지 쉽게 접근할 수 있었다. 탕 하고 총성이 울리자 산비둘기들이 푸드덕거리며 하늘을 가렸다. 다행히 첫발은 작은 곰의 어깨를 스치는 데 그쳤다. 하지만 놀란 작은 곰은 크게 울부짖었고, 어미 곰은 즉시 작은 곰의 목덜미를 물고 주위를 살폈다. 그리고 밀렵꾼과 눈이 마주쳤다. 본래 밀렵꾼은 그 심보가 매우 잔인하고 고약한 데다 영악하기까지 하여, 어미 곰의 눈빛을 보자 상처 입은 작은 곰을 버리고 도망치거나 자신에게 덤벼들지 않을 거라는 사실을 바로 간파해 냈다.

어미 곰이 작은 곰의 목덜미를 문 채 급히 강가를 향해 뛰기 시작했다. 밀렵꾼은 태평하리만큼 느릿한 걸음으로 몇 발자국 더 다가가 침착하게 호흡을 고른 뒤 다시 방아쇠를 당겼다. 탕! 이번에는 명중이다. 총알은 어미 곰의 머리를 정확히 관통했다. 어미 곰은 턱의 힘이 완전히 빠지기 전 본능적으로 작은 곰을 강가에 던지고는 모래투성이가 된 작은 곰을 향해 붉은 피를 뿜으며 혼신을 다해 도망치라고 소리쳤다. 그러고는 힘없이 쓰러지며 사랑한다고 말했다. 울컥울컥 쏟아져 나오는 피 때문에 정확히 들리진 않았지만 어미 곰의 마지막 눈동자는 분명 그렇게 말했다.

겁에 질린 작은 곰은 밀렵꾼이 총알을 장전하는 틈을 타서 무작정 뛰기 시작했다. 어깨에 난 상처 때문에 절뚝거리며 족히 수 킬로미터를 달렸다. 어쩌면 수십 수백 킬로미터를 달렸을지도 모른다. 거리야 어찌되었든 상관없다. 정신을 차렸을 때는 어느 숲속, 캄캄한 밤, 혼자가 된 후였다.

어미 곰만 따라다니던 작은 곰으로서는 이곳이 어디인지 도통 알 수가 없었다. 하는 수 없이 겨우 숨을 돌릴 만한 고목을 찾아 그 안으로 기어 들어갔다. 욱신거리는 상처를 혀로 핥고 있자니 어미 곰의 손길이 더욱 간절했다. 오늘 하루가 제발 꿈이었으면 좋겠다는 생각을 되뇌며 눈물로 잠이 들었다.

얼마나 잤을까, 고목에서 나와 적막한 숲을 빠져나오니 사뭇 의아한 풍경이 펼쳐졌다. 그도 그럴 것이 늘 드넓은 호숫가에서 높게 자란 가문비나무만 보며 자란 작은 곰이 아닌가. 한쪽에는 따사로운 햇빛과 잔잔한 바람에 반짝이며 물결치는 초원이 펼쳐져 있었다. 통통하게 살이 올라 뒤뚱거리며 노니는 들쥐도 보였다. 아무리 상처를 입었다 하더라도 몇 달은 힘들이

지 않고 배를 채울 것 같았다. 다른 한쪽에는 덩굴 가지가 얼기설기 엉켜 있었다. 그 가운데에 아치형으로 생긴 좁은 구멍이 나 있는데, 작은 곰에게는 마치 다른 세상으로 통하는 입구처럼 느껴졌다.

작은 곰은 잠시 망설였다. 하지만 이내 덩굴 가지 쪽으로 마음이 쏠렸다. 구멍 가까이 다가가자 안쪽에서 휘휘 하고 휘파람 소리가 들려왔다.

'저 소리가 나를 부르는 걸까?'

작은 곰은 홀린 듯 새로운 세상으로 발을 들여놓았다.

2

바닥은 짙은 갈색 나뭇잎이 겹겹이 쌓여 제법 폭신하고 주위는 온통 신기한 모양의 식물로 가득했다. 줄기를 입에 물고 혀에 힘을 주어 가지 끝까지 쭉 잡아당긴 듯이 생기거나 발로 꾹 밟아 넓적해진 돌멩이 같기도 하고 살점을 발라 먹은 물고기 등뼈에서 돋은 가시처럼 생긴 것이 있는가 하면, 하얗고 빨갛고 파란 이름 모를 꽃도 지천이었다. 단, 허기를 달랠 만한 것은 보이지 않았다.

"다시는 돌아가지 못해!"

그때 돌연 목에 굵은 쇠사슬이 채워진 나이 든 원숭이가 덩굴을 타고 나타나 앞을 가로막으며 외쳤다.

원숭이는 수척하다 못해 안쓰러워 보일 정도였다. 심하게 굽은 등은 척추 마디마디가 가죽만 덮인 채 불거졌고, 장골 아래로 길고 앙상하게 뻗은 양다리 사이에서 덜렁거리는 불알은 축 늘어져 금방이라도 떨어질 것처럼 보였다. 몹쓸 피부병이라도 걸린 듯 윤기라고는 전혀 없는 털은 머리부터 꼬리 끝까지 듬

성듬성 빠져서 거무튀튀한 속살이 그대로 드러났는데, 특히 관절 부위는 그 정도가 매우 심했다. 양쪽 입가에서 목젖이 있는 곳까지는 수백 개의 알이라도 품은 듯 살갗을 뚫고 자란 고름주머니가 수두룩한데, 그중 희멀건 액체가 흘러나오는 것도 있었다.

"이곳에 발을 들인 이상 다시는 돌아가지 못한다고, 이 멍청한 녀석아! 우끼끼끼……."

원숭이는 다시 버럭 소리를 지르더니 뭐가 그리 재미있는지 침까지 질질 흘리며 숨이 넘어가라 웃어 젖혔다.

"이곳이라 하면……."

"이곳이 어디냐고? 너 같은 겁쟁이 녀석들이 도망쳐 기어 들어오는 곳이지. 하나같이 나약해 빠져서는! 여기서 평생을 어슬렁거려 봤자 해결되는 건 아무것도 없는데 말이야. 그러니까 돌아가려면 지금 돌아가. 더 이상 들어가면 영영 이곳에 갇히는 거야. 무슨 말인지 알아? 출구가 없다는 말이지! 어때, 무섭지 않아? 우끼끼끼……."

작은 곰은 덜컥 겁이 났다. 머리 뒤로 입구에서 비춰 들어온 햇빛이 아직 어렴풋이 느껴졌다. 아직 늦지 않았어, 초원에서 나뒹굴며 허기나 채우자, 하는 생각이 들었다. 하지만 어째서일까, 내키지 않는다. 게다가 어미 곰을 죽인 밀렵꾼이 작은 곰의 핏자국을 따라 집요하게 추적해 왔을 가능성도 있다. 밀렵꾼을 다시 마주친다면 분명 작은 곰의 머리에도 커다란 구멍이

뚫릴 것이다. 작은 곰의 두개골은 어미 곰과 달리 작고 연약하여 공중에서 산산조각이 날지도 모른다. 설령 운이 좋아서 밀렵꾼을 피한다 해도 어디로 돌아간단 말인가. 어미를 잃은 작은 곰에게 돌아갈 곳은 없었다.

작은 곰이 고개를 가로저었다.

"퉤! 보기보다 꽤나 고집이 세군. 마음대로 하라지. 그게 네 운명이라면. 멍청한 녀석 같으니라고!"

원숭이는 누런 가래 덩어리를 땅에 퉤 뱉은 뒤 입가를 팔로 쓱 문지르며 말했다.

'운명?'

짧은 순간 작은 곰은 깨달음을 얻었다.

어느 곳이든 끝은 있기 마련이다. 진창에 빠지더라도 허우적거림을 멈추지 않는다면 하늘이 보이는 것처럼 말이다. 설령 그 하늘에서 떨어진 벼락에 맞아 다시 진창 속으로 고꾸라지더라도 끈기만 있다면 절대로 가라앉지 않을 것이다. 겁을 먹고 진창 속에 머무는 것이야말로 겁쟁이나 하는 짓이다. 물론 다시 밀렵꾼을 만날까 봐 두려워 돌아가지 못한 것도 사실이다. 그렇다고 무조건 겁쟁이라 단정 지을 수는 없다. 굳이 위험천만한 곳으로 되돌아갈 필요가 있겠는가. 미지를 향한 호기심으로 한 걸음 한 걸음 나아가면 된다.

원숭이 옆을 지나치는데 역한 고름 냄새가 났다. 호숫가로 떠밀려 온 죽은 물고기가 썩을 때 나는 냄새 같았다. 원숭이는 작은 곰의 어깨에 난 상처를 쓱 본 뒤 "쯧쯧, 곧 잡아먹히게 생겼군. 우끼끼끼……." 하며 마구 웃었다. 작은 곰이 제법 멀어질 때까지도 웃는 걸 멈추지 않았다. 얼마 못 가 오줌을 지리고 질질 울 거라며 놀리듯 소리를 질러 대기도 했다. 그러나 작은 곰은 동요하는 기색조차 없었다. 동요는커녕 앞으로 나아가자, 허기를 달랠 만한 것을 찾아 배를 채우고 반드시 살아남자, 생각할 뿐이었다.

3

숲은 깊어질수록 햇빛이 잦아들고 습기가 짙어졌다. 막 혼자가 된 작은 곰에게 숲은 결코 녹록한 곳이 아니었다. 축축한 나뭇잎이 발바닥에 들러붙어 걷기가 영 불편하고 먹을 만한 것도 좀처럼 보이지 않았다. 먹을 만한 열매가 보인다 하더라도 그 색과 모양이 왠지 맹독을 지녔을 것 같아 선뜻 입에 넣기가 망설여졌다. 살아남겠다는 각오와 상관없이 힘든 건 힘든 것이었다.

들러붙는 나뭇잎 위에서 발톱을 세우고 걷는 데 겨우 익숙해지자 이번에는 벌레가 문제였다. 아직 털과 가죽이 억세지 않은 작은 곰에게는 조그마한 벌레도 강적이었다. 나뭇잎 밑이나 나무에 떼 지어 숨어 있다가 털 사이를 비집고 들어와서 깨무는 힘이 여간 지독한 게 아니었다. 몸을 부르르 떨어도 보고 이리저리 뒹굴어도 봤지만 떨어질 생각을 안 했다. 이럴 때는 호수에 몸을 담그거나 진흙을 묻히는 게 최선이지만 현재로서는 벌레 떼로부터 무조건 도망치는 것이 상책일 터, 작은 곰은 내

달리기 시작했다.

"조심해!"

한참을 정신없이 뛰고 있는데 갑자기 들려온 목소리에 멈춰 서니, 괴상하게 생긴 것이 길을 막고서 긴 혓바닥을 날름거렸다.

어깨에서 앞다리 발목까지 난 흰 털을 가로지르는 검은색 무늬, 등에서 꼬리까지 산발이 된 털을 치켜세운 모습이 당장이라도 작은 곰에게 달려들 기세였다. 뾰족한 주둥이 끝에 달린 코 또한 앞뒤좌우로 빠르게 움직이며 씩씩거렸고, 그 뒤쪽으로 한참을 올라가 붙은 조그마한 눈은 한껏 찌푸린 채 작은 곰을 매섭게 노려보았다. 더욱이 가슴 안쪽으로 굽은 고리 모양의 날카로운 발톱은 어미 곰의 발톱과 견주어도 손색이 없어 보였다. 작은 곰은 당황하여 어찌할 줄을 몰랐다.

"저 녀석 때문에 오늘 밥은 글렀군. 간만에 찾은 개미굴을 엉망으로 만들어 놨으니!"

발 밑을 보니 개미 떼가 혼비백산하여 걸음아 나 살려라, 저마다 통통한 엉덩이를 흔들고 있었다.

"죄송해요. 숲에 들어온 지 얼마 되지 않아서……."

"그럴 줄 알았지. 그래도 말이야, 신경을 좀 쓰란 말이야. 도대체 눈은 뒀다가 뭘 하려고 달고 다니는 건지!"

미안한 마음에 조심스레 한 발짝 옆으로 자리를 옮기고 보니, 개미들은 다소 우왕좌왕하고 있을 뿐 그다지 심하게 망가

진 개미굴도 밟혀 죽은 개미도 거의 없었다. 그럼에도 불구하고 개미핥기는 작은 곰을 탓하며 혀 놀리는 걸 멈추지 않았다.

"여기는 숲속이라고. 그렇게 정신 나간 놈처럼 날뛰다가는 금세 봉변을 당하고 말 거야. 이 발톱이 보이지? 이걸로 네놈 머리통을 확 찍어 버리는 건 문제도 아니라고."

작은 곰을 위협하듯 발톱을 들어 올리는 개미핥기는 그 말처럼 꽤나 사나워 보였다. 작은 곰은 여차하면 도망갈 생각에 한 걸음 뒤로 물러났다. 그러자 개미핥기도 들어 올린 발톱을 바닥에 천천히 떨어뜨리며 한 걸음 따라왔다. 또 한 걸음 뒤로 물러서자 이번에는 다른 쪽 발을 들어 올렸다. 역시 그 속도는 별로 빠르지 않았다. 날름거리는 혀의 속도에 비하면 지루할 정도였다.

작은 곰은 개미핥기와 일정한 거리를 유지한 채 천천히 물러서고 따라오기를 몇 번 반복했고, 그 안일한 위협에서 쉽게 벗어날 수 있었다.

"좋아, 특별히 봐주겠어. 하지만 다음에 또 내 식사를 망치는 날에는 정말 혼쭐날 줄 알아, 알겠어? 알아들었으면 어서 썩 꺼져. 마음 바뀌기 전에!"

이미 저만치 멀어진 작은 곰을 바라보면서 개미핥기가 소리쳤다.

식사를 망친 것이 못내 아쉬운 건지, 단단히 으름장을 놓지 못해 분한 건지 작은 곰이 뒤돌아볼 때마다 개미핥기는 애꿎은

혀를 계속 날름거렸다.

작은 곰은 문득 개미핥기는 왜 저리도 긴 혀를 갖게 된 건지 궁금했다. 짧았던 혀가 개미굴을 훑기 위해 길어졌는지, 애초에 혀가 길어서 개미굴을 뒤지고 다니는 건지 도무지 알 수가 없었다. 하지만 그 긴 혀로 괜한 시비를 거는 건 탐탁지 않은 일이 분명했다. 조금 더 유익하게 이용할 수도 있을 텐데 말이다. 예컨대 허기진 작은 곰을 위해 먹을 수 있는 열매와 먹을 수 없는 열매를 구별해 주거나 숲속에서 살아남는 법을 친절하게 알려 줄 수도 있을 것이다. 내심 아쉬운 마음이 들었다. 작은 곰은 잠시 푸념하고는 다시 걷기 시작했다.

4

덩굴 가지로 가려져 있던 하늘이 모습을 드러냈다. 숲에 들어선 이후 처음 마주한 하늘이건만 작은 곰의 마음처럼 잔뜩 흐려 있었다. 종종 구름 뒤로 번개가 번쩍이기도 하고 더러 빗방울도 떨어졌다. 땅에는 잎이 둥근 잡초들이 옹기종기 모여 빗줄기가 굵어지기를 기다리고 있었다.

작은 곰이 킁킁 하고 코를 벌렁거렸다. 귀는 쫑긋하게 세웠다. 다행히 주위에는 이렇다 할 위험이 없는 듯했다. 그래도 숲의 냄새를 훔친 밀렵꾼이 언제 다시 나타날지 모르니 경계를 늦추어서는 안 된다.

코와 귀를 열어 둔 채 간만에 배를 드러내고 누워 잿빛 하늘을 마주했다. 온몸에 피가 돌면서 긴장이 풀리자 번개에 맞은 듯 지친 다리에 찌릿찌릿한 느낌이 들었다. 그제야 작은 곰은 먹을 것을 찾기 위해 움직이고, 움직이기 위해 쉬고, 쉬면서도 공격당하지 않기 위해 긴장해야 한다는 사실이 자못 서럽게 느껴졌다. 한가로이 어미 곰을 따라다니며 배불리 먹고 편하게 누워 자는 것도 이제는 다 지난 일이었다.

그때 검고 커다란 새 한 마리가 저 높은 구름 속을 뱅글뱅글 돌고 있는 게 보였다. 아, 천둥새가 틀림없다. 천둥새라 하면 작은 곰이 지내던 호숫가 주변에서도 소문이 파다해 익히 알고 있었다. 숲속 동물들은 새끼가 말을 듣지 않을 때마다 곧잘 입에 올려 겁을 주곤 했기 때문이다. 검고 거대한 날개로 세상 곳곳을 누비는 새. 쾅 하고 커다란 소리를 내는 번개를 사용하여 사냥감의 머리를 박살내거나 단단한 부리로 사냥감의 가슴에 구멍을 내기도 하는, 세상 어디에도 적수가 없다는 새.

다리에 찌릿찌릿한 느낌이 드는 것은 단순한 피로 때문이 아닐지도 모른다. 자신도 모르는 사이 이미 번개를 맞았을지도 모른다. 그 말인즉 저 거대한 새가 작은 곰을 먹잇감으로 노리고 있다는 뜻이었다. 지친 몸으로 달아난들 번개를 쏘는 천둥새를 무슨 수로 당해 낸단 말인가.

'여기서 이렇게 잡아먹히고 마는구나!'

작은 곰은 이내 체념하고 말았다.

검은 새가 빠른 속도로 하강하기 시작했다. 이제 작은 곰의 머리에 구멍이 나는 것은 시간 문제였다. 덜덜 떨리는 다리를 끌고 어미 곰 곁으로 갈 생각에 어느새 작은 곰의 눈에는 눈물이 그렁그렁했다.

잠시 후 꼭 감은 눈꺼풀 뒤로 그림자가 지는 것이 느껴졌다. 초연한 마음이 절망 속에서 용기를 북돋아 준 것인지 죽음이 임박한 와중에도 천둥새는 어떻게 생겼을까 하는 호기심에 살며시 실눈을 떴다. 그런데 천둥새는 어디로 가고, 짙은 고동색 깃털의 독수리 한 마리가 푸석푸석한 날개를 푸드덕거리며 헐벗은 머리를 갸우뚱갸우뚱하는 것이 아닌가. 작은 곰은 짐짓 실망한 눈치다. 잡아먹혀야 한다면 독수리보다는 천둥새 쪽이 죽임을 당하는 입장에서 봐도 납득하기 쉬울 터였다.

천둥새의 무시무시한 모습을 상상하던 작은 곰에게 조막만한 머리와 흐늘거리는 목, 몸짓에 비해 위태하리만큼 얇아 보이는 발목에서 쫙 벌린 발가락까지 찌글찌글한 피부를 드러낸 채 구부정하게 서 있는 독수리는 어쩐지 볼품없게 느껴졌다. 끝이 고부라진 부리 또한 못마땅했다. 곧 잡아먹힐 처지에 참으로 부질없는 불평이라 여길 수도 있겠지만 그 부리로는 구멍은커녕 살점을 뜯어내는 데만 반나절 이상 걸릴 테고, 내장까지 내주자면 거뜬히 며칠은 걸릴 듯했다. 반면 그렇게 오랜 시간이 걸린다면 그 고통도 이루 말할 수 없을 것이다. 어쩌면 이 보잘것없는 독수리가 소문만 무성한 천둥새보다 더 무시무시한 존재일지도 모른다는 생각이 들었다. 어쨌든 독수리가 작은 곰보다 우위에 있다는 것만은 확실했다.

"어린 곰이 혼자서 숲을 헤매고 있다니, 어찌된 일인가?"

독수리가 먹잇감을 세심히 관찰하듯 작은 곰에게서 눈을 떼지 않은 채 뒤뚱뒤뚱하는 걸음으로 둘레를 한 바퀴 빙 돌고 나서 물었다.

"대답하기 전에 한 가지만 부탁할게요. 부디 고통 없이 끝내 주세요."

"무슨 소린가? 난 산 것에는 관심이 없네. 뭔가 오해를 한 것 같군."

다행이다. 작은 곰은 또 한번 깨달았다.

삶과 죽음은 지레짐작으로 결정되는 것이 아니다. 애초에 독수리가 천둥새로 둔갑한 것도, 잡아먹힐 것이라 예상하여 적극적으로 도망치거나 방어하지 않은 것도 모두 작은 곰의 지레짐작에서 시작되었다. 삶과 죽음은 도저히 거부할 수 없도록 치밀하게 짜 놓은 계획에 의해 만들어진 완전무결한 자연의 이치이기에, 살아 있는 한 그저 이끌리는 곳을 향해 걷기만 하면 된다. 그 후의 일은, 죽음은 그 마지막 순간에야 비로소 알게 되는 것이다. 운명이란 그런 것이다. 안타깝지만 어미 곰의 죽음 또한 자신을 숲으로 이끌기 위한 운명의 한 단계였으리라.

"다시 묻지. 이곳에는 어쩐 일인가?"

"숲을 지나는 길이에요."

"이유는?"

"모르겠어요."

"목적지가 없다는 말이군."

"아직은요. 하지만 숲을 지나면 알게 될지도 몰라요."

"숲을 지나면이라……. 그곳에 뭐가 있는지는 알고서 하는 말인가?"

독수리는 부리를 꾹 다문 채 한동안 주변을 서성거렸다. 부리로 땅을 툭툭 치기도 하고 하늘을 바라보며 고개를 절레절레 흔들기도 했다. 제법 깊은 생각에 잠긴 듯 보였다.

그럴수록 작은 곰은 조바심이 났다. 도대체 그곳에 무엇이 있기에 심연에 빠진 듯한 얼굴로 뜸을 들이는지 잠자코 기다리기가 쉽지 않았다. 작은 곰에게 세상은 아직 너무나 넓은 곳이다. 아직 보지 못하고 듣지 못한 것이 너무나 많았다.

"바다라고 들어 본 적이 있는가?"

마침내 독수리가 입을 열었다.

들어 봤을 리 없다. 그럼에도 불구하고 자꾸만 가슴이 벅차오르는 것은 왜일까. 작은 곰의 심장이 크게 요동치기 시작했다. 작은 곰은 그곳에 가면 자신을 이곳으로 이끈 휘파람 소리의 실체와 마주할 수 있으리라 확신했다.

"어떤 곳이죠, 바다는?"

"구름이 걷힌 하늘이 땅 위로 드넓게 펼쳐진 곳이지."

"어떻게 하면 갈 수 있나요?"

그러자 독수리는 짐짓 자신의 날개를 자랑하듯 한 번 크게 펼쳤다 접어 보였다.

"이렇게 큰 날개를 가진 나조차 그 끝을 알 수 없는 곳에 도달하기까지 며칠 밤도 넘게 걸리지. 감히 어린 곰 한 마리가 넘볼 수 있는 곳은 아니니 단념하게. 괜히 불가능한 일에 무모하게 달려들지 말고 그저 목숨이나 부지하며 근근이 살아가는 게

신상에 이로울 거야. 나로서는 끼니가 되니 고마운 일이지만, 당장이라도 쓰러질 듯한 몰골로 바다에 가겠다니, 말이 이치에 맞지 않군."

"며칠이 걸려도 좋아요. 수십 밤을 지새워도 좋아요. 바다에 닿을 수만 있다면……."

"곧 비가 쏟아지겠군."

작은 곰이 채 말을 끝내기도 전에 독수리가 말을 끊었다. 그 근본 없는 자신감이 자못 못마땅한 듯한 얼굴이었다.

독수리는 하늘을 쓱 올려다보더니 훌쩍 날아올랐고, 작은 곰 머리 위에서 서너 바퀴 빙빙 돌다가 고동색 깃털 하나를 떨어뜨린 뒤 이내 구름 속으로 사라졌다.

실제로 작은 곰은 충분히 몰골이라 불릴 만한 모습이었다. 털갈이를 하는 중이라고 오해할 만큼 뭉친 털을 덕지덕지 매단데다 질퍽한 바닥을 걷는 동안 등허리까지 튀어 오른 낙엽 부스러기로 범벅이 된 상태였다. 눈에 보이지는 않지만 벼룩도 득실득실했다. 어미 곰이 살아 있었다면 매일 털 한 올 한 올을 정성껏 혀로 핥아 말쑥하게 가꿔 주었을 텐데, 이제는 불가능한 일이었다. 혼자인 이상 스스로 해결해야만 했다.

근처에 있는 떡갈나무에 몸을 세게 비볐다. 떡갈나무가 뽀얀 속살을 드러낼수록 작은 곰의 털은 반짝반짝 윤기를 되찾았다. 혹시 모를 상황을 대비하여 이빨과 발톱도 갈았다. 이빨을 갈면서 우연히 발견한 애벌레로는 미약하지만 허기를 달랬다.

발톱을 갈고 나니 걷기도 한결 수월했다. 마지막으로 독수리가 남기고 떠난 고동색 깃털을 주워 귀 뒤에 꽂았다.

독수리는 불가능이라 했지만 작은 곰에게는 지금부터다. 마침내 온전히 혼자로서 바다를 향해 떠날 채비를 마친 것이다. 날개는 없을지언정 혈혈단신 네 다리만으로 험난할 숲을 헤치고 나가려 하는 작은 곰의 얼굴에 비장함이 감돌았다.

5

숲에서는 해가 뉘엿뉘엿 지는가 싶다가도 금세 그 모습을 감추어 버린다. 비까지 추적추적 내리기라도 하면 그 속도는 가히 따라올 것이 없다.

검정에 가까운 청록으로 가득한 숲속, 다행히 작은 곰은 선천적으로 밤눈이 밝은 편이다. 그렇다고 해서 언제 뭐가 튀어나올지 모르는 어둠 속을 홀로 헤매는 짓은 바다에 도달하기는 커녕 생명을 단축하는 지름길이다. 안전하게 밤을 보낼 장소가 필요했다.

작은 곰은 빗물로 수분을 채우고 젖어서 무거워진 털가죽을 걸친 채 오직 본능에 의지하여 적당한 잠자리를 물색하기 시작했다. 너무 넓어도 안 되고 너무 좁아도 안 된다. 눈에 잘 띄어서도 안 되고 지형이 너무 낮아도 안 된다. 천장이 약해도 안 된다. 그렇게 어렵사리 찾은 곳은 잔가지로 뒤덮인 낮은 언덕 아래에 자리한 넓적한 바위 틈새였다.

몸을 낮추고 서둘러 안으로 들어가려는데 돌연 무언가 튀어

나와 콧등을 콱 깨물었다. 작은 곰은 너무 놀란 나머지 그만 크게 엉덩방아를 찧고 말았다.

"혼자 있기에도 좁은 곳이라고!"

너구리가 바위 틈새에서 모습을 드러내고 신경질적으로 외쳤다.

주둥이만 빼죽 내민 채 검은 무늬 속에 파묻힌 눈으로 매섭게 작은 곰을 노려보는 모습이 제법 사납고 음침해 보였다.

"아, 미처 주인이 있을 거라고는……."

작은 곰은 주섬주섬 일어나 얼얼한 코를 혀로 할짝거렸다.

"그걸 변명이라고 하는 거야? 이런 곳에 주인이 없을 리가 없잖아! 정말로 코를 잘리기 싫거든 어슬렁거리지 말고 당장 돌아가. 이래 봬도 내 송곳니는 꽤나 날카롭다고!"

너구리의 송곳니가 아무리 날카롭다 해도 작은 곰의 송곳니하곤 비교가 못 된다. 콧등에 상처를 낸 것도 분명 일생일대의 일격이었을 것이다. 따라서 너구리 한 마리쯤이야 눈 깜짝할 새 해치우고 은신처를 차지하는 일은 작은 곰에게 식은 죽 먹기일 터다. 하물며 약육강식의 법칙이 지배하는 숲속에서 누가 작은 곰을 탓하겠는가. 하지만 작은 곰은 발톱을 치켜세우지 않았다.

힘이 세다고 하여 무턱대고 약자의 것을 강탈해서는 안 된다. 약자를 괴롭히거나 멋대로 죽여서는 더더욱 안 된다. 그런 건 사람처럼 몹쓸 족속들이나 하는 짓이다. 어미 곰이 살아 있

을 때 늘 작은 곰에게 들려주던 이야기다.

작은 곰이 막 돌아서려는 참이었다. 꾀 많은 너구리가 작은 곰이 공격하지 않을 걸 바로 알아차리고는 얍삽하게 웃으며 말했다.

"잠깐, 설마 이대로 내뺄 생각은 아니지? 너는 엄연히 죄를 지은 거라고. 벌써 네 머리통이 내 은신처 안으로 반 이상은 넘게 들어왔다 나갔으니까 말이야, 알아들어?"

죄를 지었다니, 작은 곰은 아무래도 단단히 잘못 걸린 듯싶었다.

"그냥은 못 넘기겠고, 대신 부탁 한 가지를 들어줬으면 하는데, 어때?"

작은 곰은 일을 복잡하게 만들고 싶지 않았다.

"좋아, 그럼 이렇게 하자. 아무 일 없었던 걸로 할 테니까 싱싱한 물고기 한 마리를 가져다줘. 이왕이면 맛까지 좋은 것으로 말이야."

"그렇지만……."

"알아, 안다고. 이 깜깜한 밤중에, 그것도 숲속에서 물고기를 찾는 게 어디 쉬운 일이겠어? 내 말은 그만큼의 성의는 필요하지 않겠냐는 말이야. 물고기는 내가 생각해도 너무했어. 좋아, 그럼 이렇게 하자. 간단한 요깃거리를 찾아서 가져오라고."

작은 곰은 근처 나뭇잎 밑을 샅샅이 뒤진 끝에 겨우 애벌레 한 마리를 찾을 수 있었다. 침이 꼴깍 넘어가는 것을 간신히 참았다. 애벌레를 건네주자 너구리는 냉큼 한입에 쏙 털어 넣고서 다시 입을 열었다.

"잘 먹기는 했다만 역시나 물고기에 비하면 조금 성의가 부족한 것 같기도 해서 말인데……."

이후에도 너구리의 요구는 끝이 없었다. 넓적한 잎에 빗물을 담아 오라는 둥 뱀을 먹고 싶다는 둥 과일을 따 오라는 둥 좀처럼 끝날 기미가 보이지 않았다. 그중 몇 가지는 들어줄 수 있었지만 전부는 무리였다.

"그렇게 나오면 곤란해. 물고기에 비하면 턱없이 모자라잖아. 그럼 할 수 없지. 네 귀 뒤에 꽂은 그 깃털이라도 내놓는 수밖에. 어때, 별로 대단한 것도 아니잖아?"

독수리 깃털은 작은 곰의 의지가 담긴 상징이라고나 할까, 나름대로 소중한 것이었다.

"이건 안 돼요."

"뭐라고? 잘못을 했으면 그만큼의 대가는 치러야 할 거 아니야!"

작은 곰의 인내심은 거의 바닥이 난 상태였다. 너구리의 얼굴에 대고 잘 손질된 이빨과 발톱을 들이밀었다. 그리고 매우 정중한 말투로 말했다.

"제발 이대로 지나가게 내버려 두세요."

그러자 너구리는 금세 사색이 된 얼굴로 겁에 질려 껑충 뛰어오르다 그만 바위에 머리를 부딪쳤고, 바닥에 고꾸라진 채로 몇 번 헛발질을 하더니 두루뭉술한 꼬리를 바닥에 끌다시피 하며 허둥지둥 바위 틈새로 파고들었다. 작은 곰은 그 뒷모습을 보고 있자니 어쩐지 씁쓸한 기분이 들었다.

6

비는 밤새 그칠 줄을 모르다 새벽 무렵에야 잦아들었다. 새 지저귀는 소리가 젖은 나뭇잎을 타고 나뭇가지 사이로 춤추며 구덩이 속에 묻혀 잠든 작은 곰의 귓가에 내려앉았다. 눈을 뜨니 동그랗게 갠 하늘이 작은 곰을 맞이했다.

지난밤 작은 곰은 지칠 대로 지친 다리를 힘겹게 한 걸음씩 옮기다 그만 땅 위로 솟은 나무뿌리에 발이 걸려 넘어져 구덩이 안으로 굴러 떨어지고 말았다. 구덩이는 아주 오래전 누군가 일부러 파 놓은 듯, 세월이 겹겹이 쌓여 나뭇잎 썩는 냄새로 가득했다. 도저히 빠져나올 기운이 없어 내리는 빗소리를 자장가 삼아 그대로 잠들었던 것이다.

근처의 우거진 관목 뿌리가 빗물을 모조리 빨아들인 덕분에 익사는 면했지만 축축한 습기 때문에 몸이 천근만근이었다. 몸을 일으켜 세우자 관절 여기저기에서 우두둑 하는 소리가 났다. 어쩐지 빠르게 어른이 되어 가는 것만 같았다.

한때는 어서 자라 어미 곰 같은 어른이 되고 싶었다. 어미 곰은 힘이 무척 셌다. 호숫가 일대에서는 가히 덤빌 자가 없을 정도였다. 한번은 수곰 한 마리가 영역 안으로 침범했다가 제대로 힘 한번 써 보지 못한 채 혼쭐이 나서 부랴부랴 내뺀 적이 있었다. 또 한번은 어쩐 일인지 멧돼지 몇 마리가 호숫가까지 습격해 온 적이 있는데, 단결력이 좋은 멧돼지들은 몇 놈이 어미 곰을 교란시키는 동안 발 빠른 한 놈이 작은 곰을 낚아챌 요량이었다. 하지만 어미 곰의 순발력은 그 이상이었다. 순식간에 몇 놈의 목덜미를 물어뜯었다. 그중 한 놈은 질긴 피부가 너덜너덜하게 벗겨지기도 했다. 한 놈이 겨우 작은 곰의 뒷다리를 무는 데 성공하기는 했지만 성난 어미 곰이 소리치며 달려들자 이내 포기하고 도망쳐 버렸다. 어미 곰이 싸움에서 진 것은 밀렵꾼과 마주친, 바로 그날 딱 한 번뿐이었다.

작은 곰은 크게 기지개를 켠 뒤 구덩이 경사면의 적당한 곳에 뒷발을 걸치고 힘을 주었다. 하지만 비를 머금은 경사면이 작은 곰의 무게를 이기지 못하고 허물어지는 바람에 그만 나자빠지고 말았다. 두 번째 세 번째도 마찬가지였다. 구덩이만 더 커질 뿐이었다. 차라리 이대로 수십 번 반복해서 구덩이를 평평하게 만드는 것이 빠를 듯싶었다. 기력만 남아 있다면 말이다.

작은 곰은 축 늘어진 채로 하염없이 하늘을 바라보았다. 동그란 하늘 위로 유유히 떠다니는 크고 작은 흰 구름을 보고 있자니 잔잔한 호수 속을 헤엄치는 물고기들처럼 보였다. 참 맛있겠다, 하고 생각했다. 이어서 살랑살랑 지느러미를 흔드는,

유독 하얗디하얀 물고기 한 마리가 동그란 호수에 모습을 나타냈다. 정말 예쁘게 생겼구나, 하고 생각했다.

"어머, 이를 어째! 구덩이에 빠졌네요."

정신을 차리고 보니 물고기가 아니었다. 태어나 처음 보는, 눈이 부시도록 하얀 깃털을 지닌 새 한 마리가 몹시 걱정스러운 얼굴로 작은 곰을 내려다보고 있었다.

"잠깐만 기다리세요. 어떻게든 방법을 찾아볼게요."

작은 곰은 숲에 들어와서 처음 느낀 친절한 마음씨에 크게 감탄했다.

잠시 후 구덩이 안으로 굵직한 덩굴 한 줄기가 내려왔다.

"다행이에요. 마침 근처에 있지 뭐예요."

"고마워요. 힘이 빠져서 이대로 영원히 갇히는 줄 알았어요."

"인사는 나중에 하고요. 자, 어서요. 반대쪽은 나무에 잘 묶어 놨으니 안심하고 올라오세요."

덩굴줄기를 입에 물고 간신히 밖으로 나온 작은 곰은 자신을 흰공작이라고 소개한 암새의 우아한 자태에 그만 넋을 빼앗기고 말았다.

"큰일 날 뻔했어요. 어디 다친 곳은 없나요?"

"네, 덕분에요."

"뭘요, 이런 걸 가지고. 그런데 막상 도와주기는 했지만…… 설마 저를 잡아먹거나 하지는 않겠죠? 몹시 허기져 보여요."

"아무리 배가 고파도 은인에게 그럴 리가요."

"휴, 다행이네요."

흰공작이 짐짓 안심했다는 듯 살며시 웃는 얼굴로 가슴을 쓸어내렸다.

짐작하건대 애당초 걱정 따위는 하지도 않은 눈치다. 잡아먹힐 염려를 했다면 그렇게 달콤한 미소를 짓지는 못했을 터, 그 향기로운 숨결에 작은 곰의 가슴은 두근거림으로 가득했다.

"요기라도 하겠어요?"

작은 곰은 조용히 고개를 끄덕였다.

"그럼 따라오세요. 단, 앞으로 보게 될 것들은 비밀이에요."

"어디로 가는 건데요?"

"비밀이라고 하잖아요. 가 보면 분명히 마음에 들 거예요. 그러니 나를 믿고 따라와요."

작은 곰은 흰공작이 이끄는 대로 녹음이 우거진 관목숲을 걸었다. 오로지 흰공작의 뒷모습만 바라보며 걸었다. 흰공작의 아름다움에 매료되어 저절로 움직이는 다리를 이끌고 배가 고픈 것도 잊은 채, 온통 초록색뿐인 숲에서 하얗게 빛나는 흰공작에게서 한시도 눈을 떼지 않았다. 한 발 한 발 걸음을 내디딜 때마다 치켜 올라간 꼬리가 살랑거리는 모습을 보고 있자니 최면이라도 걸린 듯했다. 관목숲을 지나 이끼 무성한 바위를 미끄럼 타고 울창한 잡목과 파란빛을 띤 보라색 나팔꽃밭을 지날 때도 그저 어딘가를 향해 걷고 있구나, 생각할 뿐이었다. 가끔씩 흰공작이 뒤돌아 씩 웃어 보일 때만 괜스레 딴청을 피웠다.

흰공작을 따라 도착한 곳은 뻥 뚫린 하늘 아래 옥빛 잔잔한 연못가였다. 연못에는 반짝이는 물고기가 떼 지어 헤엄치고, 물가에는 다채로운 야생화와 온갖 과실수가 빼곡했다. 그 가지마다 싱그러움이 피어 화사한 가운데 새들의 노랫소리가 가득했다.

작은 곰은 독수리 깃털을 잠시 흰공작에게 맡기고 연못 한쪽에 몸을 담갔다. 지난 노곤함에 저절로 눈꺼풀이 녹아내렸다. 새들이 쪼아 온 열매들이 연못에 둥둥 떠다녔고, 입을 헤벌리자 저절로 배가 불렀다.

어느덧 시간이 지나 파랗게 식은 연못에는 밤하늘이 찰랑이고 노란 초승달이 춤췄다. 그사이 작은 곰은 흰공작과 연못가에 나란히 앉아 도란도란 이야기를 나누었다.

"어떻게 도망쳤는지 기억이 안 나요. 큰 배를 타고 바다 여기저기를 떠돌다 흘러흘러 여기까지 오게 된 거죠. 많이 외로웠어요. 이곳을 찾은 건 운이 좋았지요. 참, 아까도 말했지만 이곳에 온 건 비밀이에요, 알았죠?"

흰공작이 눈을 찡긋해 보였다.

"비밀은 꼭 지킬게요. 그런데 바다는 어떤 곳인가요?"

"본 적은 없어요. 철조망에 갇혀 캄캄한 화물칸에서만 지냈으니까요. 하지만 들을 수는 있었죠. 아름다운 노랫소리였어요. 우리 새들과는 다른 휘파람 소리를 냈어요. 그 소리가 날 때마다 가슴이 벅차올랐죠. 잔잔한 울림이 가슴속까지 울려 퍼져

설렘으로 잠을 못 이룰 정도였어요."

"그 소리에 대해 더 알고 싶어요."

"아뇨, 이젠 그만 말할래요. 마침 시간도 됐고, 잠시 다녀올 곳이 있어요."

"금방 돌아올 거죠? 기다리고 있을게요."

"그다음에는요?"

"네?"

"다시 떠날 거죠?"

이 이상한 감정은 대체 무얼까. 작은 곰의 가슴 한쪽이 천둥새의 번개를 맞은 듯 심하게 아렸다. 잔잔한 연못가에서 흰공작과 새들이 노니는 평화로움을 만끽하며 지내면 어떨까, 하는 생각이 들지 않은 것은 아니다. 그도 그럴 것이 어느 하나 부족할 것 없는 이곳이야말로 터전으로 삼기에 더없이 좋은 장소일 터였다. 하지만 어째서일까, 작은 곰은 흰공작의 물음을 선뜻 부정할 수가 없었다.

"대답 안 해도 괜찮아요. 그럼……."

흰공작은 초연하게 말끝을 흐리며 안개 짙은 어둠 속으로 사라졌다.

7

밤이 깊어질수록 노래하는 새들도 점점 늘어났다. 잠도 없는지 작은 목소리로 잘도 지저귄다. 새들의 노래가 절정에 달할 즈음, 암수 엘크 두 쌍과 순록 한 쌍, 여러 쌍의 암수 산토끼 등 초식동물이 하나 둘씩 모습을 나타냈다. 처음 작은 곰을 보고는 흠칫 놀라는 듯했으나 이내 대수롭지 않다는 듯 연못에 혀를 날름거렸다.

그들은 서로 종종 만난 사이인 듯했다. 수컷들은 서로를 칭찬하기에 바빴는데 수컷 엘크는 수컷 순록의 곧게 뻗은 뿔을 칭찬하고 수컷 순록은 수컷 엘크의 넓고 화려한 뿔을 칭찬했다. 수컷 산토끼들은 서로의 귀를 부러운 눈으로 바라보았다. 암컷들은 너 나 할 것 없이 둥글게 모여서 굉장한 비밀 이야기라도 나누는 듯 소곤거렸다. 무슨 이야기를 하는지는 잘 들리지 않았으나 가끔씩 호호호 웃는 소리만큼은 잘 들렸다.

누구도 작은 곰을 신경 쓰지 않았다. 가끔씩 눈이 마주치더라도 느릿느릿 천연덕스럽게 딴청을 피우며 시선을 피했다. 작은 곰은 한밤의 평화로움 속에서 약간의 따분함과 외로움을 느꼈다. 그저 우두커니 앉아 흰공작이 어서 돌아왔으면, 하고 바랄 뿐이었다.

시간이 흘러 마침내 흰공작이 돌아왔다. 잘 마른 나뭇잎으로 만든 도톰한 주머니를 입에 물고 있었다. 그것을 본 동물들이 흰공작 주위로 하나 둘씩 몰려들었고 입가에는 고인 침이 흘러 넘쳤다.

흰공작이 갈색 무리를 뚫고 연못가로 걸어가서 물고 있던 주머니를 내던지자 납작한 씨앗들이 물안개 위로 흩어져 가볍게 내려앉았다. 순록이 먼저 씨앗을 따라 입을 벌린 채 연못으로 뛰어들었다. 그 뒤를 이어서 엘크가 달려들었다. 산토끼들은 옆에서 발만 동동 굴렀는데 겁 없이 뛰어들었다가 엘크의 뒷발에 차여 피를 토하며 멀리 나가떨어지기도 했다.

첨벙첨벙 튀는 것이 물방울인지 씨앗인지 물고기인지 구별할 수가 없었다. 갈색 짐승들은 저마다 씨앗을 먹으려고 혈안이 되었고, 우걱우걱 씨앗을 집어삼키는 짐승들의 눈은 욕망과 광기로 가득 차 있었다. 그렇게 광란의 파티가 시작되었다. 물안개는 벌써 화들짝 놀라 모습을 감춘 뒤였다.

끈적끈적한 신음이 연못을 뒤덮었다. 암컷 엘크가 앞다리를 구부리자 수컷 엘크가 그 뒤로 달려들었다. 암컷 순록의 턱에 허연 거품이 일었다. 눈알이 뒤집혀 흰자위만 보였다. 그래도 상관없다는 듯 바짝 엎드린 자세로 수컷 엘크의 몸놀림에 박자를 맞추기 시작했다. 그때 수컷 엘크 뒤로 수컷 순록이 달려들었다. 셋은 한데 뒤엉켜 괴성을 지르며 엎치락뒤치락했는데 어찌나 격렬했는지 수컷 엘크의 뿔이 부러지면서 피가 솟구쳤고, 암컷 순록은 그 뿔에 넓적다리가 찔려 큰 상처를 입었다. 그래도 몸놀림은 계속되었고 마냥 즐거워 보였다.

연못은 점점 붉게 변해 갔다. 한쪽에서는 벌러덩 나자빠져 오줌을 질질 흘리는 암컷 순록에게 토끼들이 한꺼번에 매달려 쉼 없이 혀를 놀렸다. 다른 암컷 순록이 그 위를 덮치자 그중 하나는 짓눌려 귀로 뇌수가 흘러나오고 항문으로 내장이 쏟아졌다. 하지만 죽어서도 웃고 있는 표정만은 황홀해 보였다.

암수의 구분은 의미가 없었다. 종의 구분 또한 의미가 없었다. 번식을 위한 것은 아니었다. 유희를 넘어선 쾌락만을 위한 몸부림이었다. 작은 곰은 아직 짝을 이룬 경험이 없었다. 하지만 저들의 행위가 무엇을 의미하는지는 본능으로 짐작할 수 있었다. 작은 곰은 자신도 모르는 사이 몸 한구석이 뜨겁게 욱신거렸다. 그리고 이 모든 상황이 제발 꿈이기를 바랐다.

잠시 후 짐승들의 희끗한 체액과 붉은 피, 몸에서 빠진 털로 엉망이 된 연못을 빙 돌아 흰공작이 모습을 나타냈다. 여전히 하얗게 빛나고 있었다.

"오래 기다렸죠?"

어쩌면 이렇듯 달콤한 목소리로 태연히 물을 수 있단 말인가. 작은 곰은 흰공작이 사뭇 낯설게 느껴졌다.

"왜요, 저들 때문에 그래요?"

어떻게 대답해야 좋을지 몰랐다.

"그런 거예요?"

아무 말도 할 수가 없었다. 그저 침묵할 수밖에 없었다.

"잘됐잖아요. 떠날 이유가 명확히 생긴 셈이니까……. 어머, 지금 우는 거예요?"

작은 곰의 눈은 자기도 모르게 차오른 눈물로 그렁그렁했다.

"도대체 왜 이런 일을……."

"이해 못 할 거예요. 태어난 그 순간부터 평생을 약자로 살아가야 하는 두려움이란 이렇듯 무섭답니다. 언제 죽을지도 모른 채 하루하루 불안에 떨면서 숨어 지내는 삶이 너무 아깝잖아요. 잘 마른 나팔꽃 씨앗을 찾아서 던져 주면 잠시나마 고통을 잊을 수 있으니, 설령 저 짓눌린 토끼들처럼 죽는다 하더라도 반드시 나쁜 일만은 아니라고 생각해요. 나름대로 고군분투한 거죠. 그러니 너무 나쁘게 생각하지는 말아요. 어차피 나도……."

초식동물 대부분은 태어나는 순간부터 걷는다. 일단 걷기 시작하면 뛰는 방법을 배운다. 살기 위한 몸부림이다. 걷지 못하고 뛰지 못하여 도망칠 수 없다면 이내 죽임을 당한다. 바로 작은 곰 같은 포식자들에게.

"나도 그리 오래 살지는 못할 거예요. 환경이 이렇게나 다른데 지금까지 버틴 것만도 다행이죠."

"그렇지 않아요. 더 오래……."

"이런 애기는 그만 하고 이제 일어날까요? 저들도 슬슬 끝난 것 같네요. 연못도 비가 내리고 나면 다시 맑아질 거예요. 그러면 나는 또 씨앗을 찾아다 줄 거고요. 그리고 이제 이별이니까 솔직하게 말할게요. 아까는 거짓말을 했어요. 바다를 딱 한 번 본 적이 있어요. 정말 아름답더군요. 그 바다를 건너가세요. 그곳에는 나보다 훨씬 더 하얗게 빛나는 흰곰이 있다고 들었어요. 분명히 잘 어울릴 거예요. 질투가 나기는 하지만 어쩔 수 없죠. 참, 이거 가져가요."

흰공작은 작은 곰이 맡겨 둔 독수리 깃털을 건넸다.

"아니에요, 이건 제 선물이에요."

"고마워요. 그럼 여기에 꽂고 지낼게요. 이제 정말로 가요."

흰공작은 다시 연못가로, 작은 곰은 자신을 이끄는 곳을 향해 걷기 시작했다. 그것은 각자의 운명이었다. 그렇게 몇 걸음이나 걸었을까, 노래하던 새들도 모두 지쳐 조용해진 가운데 작은 곰이 뒤를 돌아보자 때마침 흰공작이 뒤돌아 외쳤다.

"알비다, 메라 피아르(안녕, 내 사랑-힌디어)!"

의미를 알 수 없는 외침이 작은 곰의 가슴을 울렸다. 멀어지는 흰공작의 가슴에 꽂힌 고동색 깃털이 유독 도드라져 보였다.

본래 삶과 죽음은 자신의 의지와 상관없이 움직이는 걸까? 살아 있는 모든 생명은 태어나고 싶어서 태어난 것이 아니다. 반대로 죽고 싶어서 죽는 것도 아니다. 작은 곰은 어미 곰의 의

지로 태어났고, 어미 곰은 밀렵꾼의 의지로 죽었다. 강자가 약자의 삶과 죽음을 결정짓는다. 하지만 연못가에서 본 그들은 달랐다. 삶은 어쩔 수 없다고 해도 최소한 스스로 선택한 죽음 앞에서 초연한 모습을 보였다. 아니, 오히려 쾌락 속에서 더없이 행복해 보였다. 흰공작의 말도 일리는 있었다. 평생 언제 닥쳐올지 모를 죽음을 의식하여 두려움에 떨면서 살 이유는 없다. 숨고 도망치다 돌연 맞이하는 죽음보다는 가능한 한 삶을 마음껏 누리다 눈을 감는 편이 훨씬 나을지도 모른다.

생각이 여기에 이르자 작은 곰은 어미 곰이 들려준 어려운 말들의 의미를 이제야 비로소 조금 알 것 같았다. 마음이 무거웠다. 자신이 먹는 거라고는 물고기와 나무 열매 등 보잘것없지만 생태계 최상위에 있다는 사실만으로도 죄책감이 들었다. 조금 더 자라서 머리 위를 빙빙 도는 독수리를 만나도 더 이상 다리를 떨지 않는다면, 숲속 동물들의 삶을 좌지우지할 정도로 강해질 것이다. 그런 자신을 경계하고 두려워할 수많은 동물을 생각하자니 벌써부터 미안한 마음이 들었다. 물론 한여름 북풍 같은 한순간의 쾌락을 위하여 목숨까지 버릴 필요가 있을까 하는 마음은 여전했다. 약자의 삶이란 그 정도로 고통스러운 것일까. 앞으로 내딛는 작은 곰의 발걸음이 무거워졌다.

8

몇 번의 해가 뜨고 지고, 다시 새벽이 되었다. 작은 곰은 몸집은 여전히 작았지만 며칠 사이 그 눈빛만큼은 제법 다 큰 곰답게 변해 있었다. 전에는 해 보지 않은 여러 가지 생각이 눈동자에 스며들었기 때문이다. 하찮은 미물도 생각이 많으면 영물이 된다는데 하물며 작은 곰이 아닌가.

검푸른 하늘을 까맣게 수놓은 나뭇잎 아래를 걷는 중이었다. 갑자기 땅 위로 무언가가 툭 떨어졌다. 다가가 보니 옅은 청록색을 띤 조그마한 새알 몇 개가 깨져 있었다. 깨진 알 밖으로 몸을 반쯤 걸친 채 끈적거리는 핏빛 액체에 뒤덮인, 유독 커다란 머리와 부러져 뒤로 꺾어진 가느다란 목, 깃털 없이 축 처진 몸, 조그마한 날개를 가진 막 부화한 새끼 새 한 마리가 죽어 있었다. 새끼 새는 죽어서도 실핏줄이 뒤엉킨 눈으로 멀리 해 없는 하늘을 바라보는 듯했다. 혹시 아직 살아 있는 새가 있지는 않을까. 작은 곰은 허둥지둥 다른 알들을 하나하나 확인했다. 하지만 허사였다. 하나같이 초점 없는 눈을 하고 있을 뿐이었다.

날아 보지도 못하고 죽어서도 눈을 감지 못하는 작은 생명들이 가여웠다. 작은 곰의 눈에서 조용히 흐르는 슬픔이 땅을 적시고 날카로운 발톱은 이내 작은 구덩이를 파기 시작했다. 얼기설기한 나무뿌리가 발톱에 걸렸다가 끊어지면서 탁탁 하는 소리를 냈고, 그 소리에 새벽이 고요한 잠에서 깨어났다.

"쉿, 조용히 해요!"

굵은 줄기를 타고 길게 뻗은 나뭇가지에 자리한 새 둥지에서 옅은 회색 솜털이 보송보송하게 나기 시작한 검은 부리의 새끼 뻐꾸기 한 마리가 밖으로 고개를 빠끔히 내밀고 안절부절못하며 속삭이듯 소리쳤다.

"이 이른 시간부터 도대체 무슨 짓이에요!"

새끼 뻐꾸기는 화가 단단히 난 듯했다.

작은 곰은 미안한 마음에 둥지에서 떨어진 새끼 새들을 땅에 묻어 주려는 참이라고, 깨웠다면 미안하다고 했다. 하지만 새끼 뻐꾸기는 그 말을 비웃기라도 하듯 아직 물렁물렁한 부리에 난 바늘구멍만 한 콧구멍으로 힘껏 콧방귀를 뀌었다.

"유난스럽기는! 별것도 아닌 걸 가지고 새벽부터 이 난리를 떤단 말이에요?"

"별일이 아니라고? 어떻게 그렇게 말할 수가 있지? 이 처참한 광경을 봐!"

"쉿, 조용히 좀 하라니까요! 녀석들은 어차피 죽을 목숨이었으니까 신경 쓰지 말고 얼른 가던 길이나 가세요. 이러다가는 곧 녀석들 어미가 온단 말이에요. 그러니까…….”

“어차피 죽을 목숨이라니, 그게 무슨 말이야?”

“아휴, 답답하네요. 나는 뻐꾸기라고요. 녀석들이 약간 불쌍해 보일지 몰라도 내가 살려면 어쩔 수 없는 일이죠. 저 녀석들이 성가시게 굴기 전에 없애 버려야 녀석들 어미가 하나뿐인 나를 지극정성으로 챙길 테니까요. 진작 떨어뜨렸으면 편했을 텐데 어미가 어찌나 극성인지 도무지 옆에서 떨어지지를 않으니……. 그래서 계속 그 밑에 쭈그리고 앉아 훌쩍이면서 부산스럽게 유난을 떤 거예요? 덩치만 컸지 한심하기 짝이 없네요. 이제라도 알았으면 가세요, 얼른요! 정말로 곧 녀석들 어미가 올 시간이란 말이에요. 뭐 해요? 얼른 가지 않고!”

작은 곰은 탁란성 조류인 뻐꾸기를 몰랐다. 행여 알고 있었더라도, 막 알게 되었더라도 상관없을 것이다. 가뜩이나 마음이 무거운 작은 곰에게 새끼 뻐꾸기의 행동은 지독히 이기적인 살육에 지나지 않았다. 자연의 이치를 빙자한 교활하고 간사한 술수에 불과했다. 게다가 그동안 보아 온, 생존을 위해 강자가 약자를 죽이는 것과는 달랐다. 불안감 때문에 약자 스스로 죽음을 선택하는 것과도 달랐다. 약자인 새끼 뻐꾸기는 비슷한 처지의 약자인 막 부화하기 시작한 새들을 둥지에서 떨어뜨리고도 일말의 죄책감조차 느끼지 않았다. 자기보다 더 약한 것을 죽이고 살아남은 약자는 악이 된다. 이것이 자연의 이치란 말인가! 작은 곰은 크게 분노했다.

"뭐예요, 왜 올라오는 거예요?"

작은 곰의 발톱이 단단한 나무껍질을 뚫고 묵묵히 오르기 시작하자 새끼 뻐꾸기는 살기를 느꼈다.

"가까이 오지 마세요! 왜 그러는 건데요? 오지 마세요, 제발 오지 말아요! 제발!"

새끼 뻐꾸기의 애절한 절규는 아침을 재촉하고, 나무를 타는 작은 곰의 움직임에는 한 치의 망설임도 없었다.

"가, 저리 가란 말이에요! 저리……."

새끼 뻐꾸기의 절실한 날갯짓에 작은 곰의 시선이 희뿌옇게 아른거렸고, 날카로운 발톱이 혼탁한 시야를 선명히 가르자 새끼 뻐꾸기의 머리가 핏빛 신음을 토하며 바닥으로 떨어졌다. 둥지 안에서 머리 잃은 새끼 뻐꾸기 한 마리가 피를 뿜으며 몸부림쳤다.

머리 잃은 새끼 뻐꾸기 뒤로, 멀리 까맣게 누운 산등성이 뒤로 태양이 살며시 고개를 내밀었다. 한 줄기 햇살이 나뭇가지를 비집고 들어와 손짓하는 듯했다. 그것을 따라 가장 높은 곳까지 올라갔다. 세상이란 참 넓은 곳이구나, 하는 생각이 절로 들었다. 높은 곳이라고 해야 고작 어미 곰의 머리 위가 전부였을 터, 무성한 나무들은 흡사 바위를 뒤덮은 이끼와 같고 빛나는 별이 머물던 하늘은 귀 끝에 닿을 듯했다. 그림자 없는 햇빛은 한없이 온화하고 콧등을 스치는 바람은 참으로 청명했다.

작은 곰은 대자연의 신비 앞에서 바다를 향해 나아가는 한

이 숲의 악을 모두 없애고 말겠다는 각오를 새로이 다졌다. 대자연이 내려 준 사명을 지고 망막한 대지를 한 걸음 한 걸음, 어느 어미 새의 구슬픈 울음소리를 뒤로한 채 나아가는 작은 곰의 뒷모습에서 비장함이 느껴졌다.

9

천공을 반으로 가르는 전나무들 사이로 어느 전설에나 등장할 만한 거대한 동물의 정강이뼈를 부러뜨려 꽂아 놓은 듯 세월의 무게를 모두 벗어던지고 장렬히 고사한 전나무 한 그루가 우뚝 솟아 있다. 그 높이와 두께로 미루어 짐작해 봤을 때 족히 수백 년, 어쩌면 수천 년 전에 뿌리를 내린 듯하다. 지금부터 펼쳐지는 이야기는 이 고사목이 처음 싹을 틔우기도 훨씬 전, 까마득한 옛날로 거슬러 올라가서 시작된다.

눈에 보이는 모든 것이 얼음으로 뒤덮인 이 땅에 처음 터를 잡은 사람들은 본래 대륙과 대륙, 흙과 얼음 사이를 오가며 수렵을 해 온 문명 이전의 떠돌이였다. 시간이 흘러 대지를 집어삼킨 얼음이 녹자 대륙과 대륙을 이어 주던 육지가 바다로 변했고, 그들은 이동 경로로만 여겨 온 이 낯선 땅에 꼼짝없이 갇히는 신세가 되었다.

그들은 본능으로 수를 늘려 나갔다. 그리고 몇 부족으로 나뉘어 정착할 만한 곳을 찾아다녔다. 그러기를 수백 년이 흐르고, 그중 이 숲에 정착한 부족은 특유의 신비스러운 기질로 숲과 동화되어 삶을 이어 나갔다.

수렵 민족답게 사냥술 또한 매우 뛰어났다. 곳곳에 깊은 구덩이를 파고 그 속에 미끼를 두어 동물들을 유인했으며, 들개를 길들여 초식동물을 한곳에 몰아넣은 뒤 나무를 깎아 만든 창을 이용해 사냥하기도 했다. 때로는 삼나무 줄기를 꼬아 만든 끈으로 덫을 놓아서 맹수를 잡기도 했다. 하지만 마구잡이로 사냥한 것은 아니었다. 그들은 꼭 필요할 때만 사냥을 했고, 동물과 대화할 수 있는 특별한 언어를 이용해 사냥감의 목숨을 끊기 전에 반드시 죽음을 위로하고 감사하는 마음을 전했다. 우호적이라 할 수는 없지만 최소한 서로가 적대시하지는 않았다.

한동안 숲은 평화로웠다. 죽음과 탄생은 적절한 비율을 유지하며 조화를 이루었다. 그러나 커다란 돛이 달린 배를 타고 바다를 건너온, 몸에 쇠붙이를 매단 이방인들이 나타나면서 모든 게 바뀌었다.

이방인들은 문명의 이기로 원주민들을 유혹하며 빠르게 가까워졌다. 순진한 원주민들은 그들에게 총을 받는 대신 가축과 땅을 내주고 술을 받는 대신 영혼을 내주었다.

문명을 접하게 된 원주민들은 차츰 그들만의 신비스러운 기질을 잃어 갔다. 동물과의 대화도 더 이상 할 수 없었다. 뿐만 아니라 이방인들은 태고부터 순수했던 원주민들의 몸을 탐하고 병들게 만들었다. 원주민들은 절반에서 절반으로, 다시 그 절반에서 절반으로 줄어들었다. 그리고 이방인들에게 더 이상 쓸모가 없어지자 결국 숲에서 멀리 쫓겨나고 말았다.

원주민들의 땅을 차지한 이방인들은 숲과 동물들까지 모두 손에 넣기를 원했다. 원주민들에게 숲의 지형과 동물들의 습성을 모두 전수받은 데다 손가락 하나면 사나운 맹수도 단숨에 죽일 수 있는 총까지 있었기에 사냥은 매우 순조로웠다.

숲은 도살장을 방불케 했다. 새의 지저귐 대신 동물들의 비명으로 가득했다. 그들은 재미 삼아 사냥을 했고, 특히 맹수를 죽이는 데서 희열을 느꼈다. 심지어 맹수를 산 채로 포획한 뒤 머리부터 꼬리까지 가죽을 통째로 벗겨서 집 안을 장식하기도 했다.

동물들이라고 당하고만 있을 수는 없는 노릇이었다. 살기 위한 특단의 조치가 필요했다. 죽지 않으려면 강해지고 영악해져야 했다. 설령 사람보다 잔인하고 악해진다고 해도 그것만이 살아남을 유일한 방법이었다.

동물들은 하나로 뭉치기 시작했고, 그중에는 호랑이 한 마리도 있었다. 호랑이는 막 얼음 속에서 튀어나온 듯 새하얀 몸에 머리에서 꼬리까지 7미터에 달했고, 하늘을 담은 듯 신비하고 파란 눈동자를 지니고 있었다. 동물들 사이에서는 호랑이가 먼 바다를 건너왔을 거라는 소문이 무성했다. 하지만 정확한 사실을 아는 이는 아무도 없었다. 다만 돌연 숲에 나타난 이 호랑이의 타고난 용맹함과 지략에 모두 호랑이를 믿고 따랐다. 호랑이 또한 자신을 믿고 따라 주는 동물들을 믿었다. 호랑이는 맹수는 물론 초식동물과 새, 곤충까지 숲에서 살아 숨 쉬는 모두 생명체를 이끌고 이방인들과 맞서기로 결심했다.

전쟁은 100년이 넘는 긴 세월 동안 계속되었다. 처음에는 동물들이 우세했다. 낮에는 들쥐가 밤에는 박쥐가 썩은 사체의 살점을 이용해 전염병을 퍼뜨렸고, 초식동물이 빠른 발로 상대를 교란시키면 호랑이를 선두로 한 맹수가 적의 사지를 물어뜯었다. 하지만 시간이 흐를수록 양상이 바뀌어 갔다. 하루가 다르게 발달하는 문명의 이기로 무장하고 숲으로 밀려 들어오는 이방인들을 막아내기란 결코 쉽지 않았다.

전쟁은 결국 양쪽 모두에게 막대한 타격을 입혔다. 동물들은 그 수가 확연히 줄었고, 아예 멸종한 종도 있었다. 이방인들 또한 날마다 형체를 알아볼 수 없는 시체와 주인 없는 사지를 수습하느라 극심한 후유증을 앓았다. 그럼에도 불구하고 이방인들은 동물들이 숲을 지키는 동안 숲을 제외한 대륙 전체를 문명화하고 불모지와 같았던 이곳을 신대륙이라 일컬으며 새로운 주인으로 자리매김하는 데 성공했다.

그즈음이었다. 이방인에서 땅의 주인이 된 사람들은 더 이상 피를 흘릴 이유가 없다고 판단했다. 그렇게 전쟁은 새로운 국면으로 접어들었다. 인력을 총동원하여 숲 둘레에 높은 울타리를 치기 시작한 것이다. 깨물어도 쪼개지지 않는 사탕이라면

통째로 삼켜 버리자는 속셈이었다.

다시 수십 년이 흐르고, 무성하게 자란 덩굴줄기로 뒤덮인 울타리를 가운데 두고 전쟁은 긴 휴전 상태에 들어갔다. 오랜 전쟁에 지친 탓일까, 비록 불안한 안위일지라도 스스로 울타리 안에 몸을 숨기고 목숨을 부지하는 쪽이 낫겠다 여기는 동물들이 점차 늘어 갔다. 오직 대를 이어 숲을 지키던 호랑이만이 홀로 고군분투했다. 함께 피를 흘린 동물들을 찾아가 전쟁을 끝내자고 수도 없이 설득하고 부탁했다. 하지만 동물들은 외면했다. 더 이상은 피를 흘리기 싫다며, 갇혀 지내는 것도 생각보다 나쁘지 않다며, 어느새 사람들과 닮아 버린 얼굴과 목소리로 번번이 호랑이의 부탁을 매몰차게 거절하고 멀리했다.

단 한 마리도 도와주지 않았다. 오히려 호랑이의 존재를 의심했다. 나아가 전쟁을 일으킨 것도 모자라 겨우 목숨을 부지한 자신들을 또다시 사지로 내몰려 하는 호랑이야말로 사람들보다 더 극악무도한 존재인 양 여겼다. 결국 호랑이는 전장의 장군에서 동족의 적으로 내몰려 온몸에 구멍을 낸 총알의 아픔보다, 창에 찔려 너덜너덜해진 등가죽의 쓰라림보다 더 깊은 마음의 상처를 입은 채 스스로 모습을 감추고 말았다. 그리고 숲은 울타리 안에 갇힌 채 고요히 썩어 갔다.

10

나방 한 마리가 거미줄에 걸려 바동거리고 있었다. 작은 곰은 그 모습이 몹시 애처로워 보였다. 갑작스럽게 찾아오는 죽음은 괴로움을 모르지만 나방의 경우는 달랐다. 거미줄에 매달린 수많은 사체 속에서 스멀스멀 피어오르는 두려움을 느끼며 조금씩 기력을 잃어 가는 것은 분명 괴로운 일이었다.

잠시 후 거미줄 위로 붉은색 마름모 무늬가 두세 개 길게 이어진 티끌만 한 거미 한 쌍이 슬며시 모습을 나타냈다. 작은 곰은 거미들이 곧장 신선한 먹잇감인 나방에게 향하리라 생각했다. 그러나 거미들은 곡예라도 부리듯 흔들흔들 거미줄을 타고는 엎치락뒤치락 장난을 치며 서로의 몸을 탐할 뿐이었다. 먹지도 않을 식량을 잔뜩 매달아 놓은 채 희희낙락하는 모습이 왠지 얄궂어 보였다. 하지만 어쩌겠는가. 목이 좋은 곳에 자리 잡고 거미줄을 친 것은 거미들의 안목이자 노고다. 그 함정에 걸려든 것 또한 약자의 운명일 뿐이었다. 이것만으로 거미를 악이라 속단할 수는 없었다.

악은 때때로 순리의 표면 안쪽에서부터 스멀스멀 피어올라 서서히 본색을 드러내기도 한다. 거미들이 악이라면 분명히 탁한 욕망을 드러낼 것이다. 작은 곰은 잠시 쉴 겸 조금 더 상황을 지켜보기로 했다.

판단은 틀리지 않았다. 몸집이 큰 암컷이 돌연 짝짓기에 열중하는 수컷의 배를 힘껏 깨무는 것이 아닌가. 수컷의 까맣고 매끈한 표피는 이내 쭉 하고 가늘게 늘어났다가 탁 하고 끊어지면서 암컷의 입속으로 빨려 들어갔다. 그렇게 한 번 두 번 표피를 물어뜯을 때마다 배에 난 구멍에서 끈적거리는 액체가 흘러나왔다. 그 와중에도 수컷은 자신이 죽어가는 줄도 모른 채 오로지 짝짓기에만 정신이 팔려 있었다. 암컷의 턱 또한 더욱 격렬하게 움직였고, 결국 수컷의 배는 반쪽이 되고 말았다.

작은 곰이 두 발로 나무를 한 번 치자 거미줄이 찰랑였다. 다시 한번 치자 고치가 된 사체들이 우두두 떨어져 내렸다. 반으로 작아진 수컷과 두 배로 커진 암거미도 예외는 아니었다. 암거미는 위험을 알아차리곤 곧바로 반격 태세를 취했다. 하지만 제아무리 맹독을 지닌 거미라 할지라도 시퍼렇게 날 선 분노 앞에서는 한날 미물에 불과했다. 앞발로 사뿐히 지르밟으니 뚜두둑 하며 대지 위에 불그스름한 반점을 남긴 채 사라졌다.

복슬복슬한 금빛 꼬리로 가지 사이를 총총거리며 뛰노는 다람쥐는 앙증맞아 보일지 모르나 성미가 매우 고약한 편이다. 누군가 애써 모아 놓은 식량을 가로채 양쪽 볼이 가득 들어차도록 넣고도 만족할 줄 모른다. 만약 들키더라도 도망가기는커녕 성을 내며 싸움을 건다. 상대의 귀를 뜯어 포식자의 공격으로부터 무방비 상태로 만들거나 관절 부위에 깊은 상처를 내어 상대를 서서히 죽게 만들기도 한다.

지는 해를 등지고 서 있는 전나무 가지 위에서 태평하게 배를 두드리는 저 다람쥐 또한 예외는 아니었다. 작은 곰이 지켜보는 가운데 뻔뻔하게 다른 다람쥐의 양식을 가로챈 것은 물론이고 나무까지 빼앗은 것이다. 죽어 마땅했다.

작은 곰은 열매 하나를 나무 밑동에 놓고 때를 기다렸다. 이미 배를 채운 다람쥐가 식탐을 이기지 못하고 다가왔다. 가볍게 일격을 가하자 휙 날아가는 복슬복슬한 꼬리 한 올 한 올마다 핏방울이 맺히고 차가운 붓이 되어 석양을 반으로 갈랐다.

코요테는 무리 생활을 하며 체계적인 방법으로 사냥하곤 한다. 발이 잽싼 몇 마리가 토끼나 들쥐를 몰아붙이면 잠복해 있던 나머지가 체력이 떨어진 사냥감을 낚아채는 식이다. 종의 특성이므로 정당하다. 문제는 해가 완전히 지고 난 다음이었다.

밤은 만고부터 휴식의 시간으로 야행성 동물조차 폐를 끼치지 않도록 조용히 활동한다. 그런데 코요테 무리는 밤마다 한 곳에 모여 뾰족한 주둥이를 쳐들고 시끄럽게 울어 대니 여러모로 민폐다.

작은 곰이 그들을 찾아간 날은 이틀 밤을 꼬박 새워 사명에 임하는 중이었다. 단순히 왜 밤마다 시끄럽게 구는지 물어볼

요랑이었다. 하지만 코요테들과 대화를 나누는 것은 애초에 불가능한 일이었다.

코요테 무리는 바위가 많고 메마른 땅에 무리를 지어 있었다. 나무와 이끼가 없는 땅은 걸을 때마다 먼지가 일어 코가 매웠다. 계속 재채기를 하며 어찌어찌 그들의 영역 안으로 들어서려는 순간이었다. 갑자기 코요테 한 마리가 먼지를 뚫고 나타나 작은 곰의 발목에 상처를 입혔다. 이어서 10여 마리 코요테가 뿌연 어둠 속에 몸을 감춘 채 차례로 작은 곰을 공격했다. 하지만 작은 곰은 당황하지 않았다. 간간이 적의 공격을 피하며 동이 트기를 기다렸다.

마침내 해가 뜨고 밤새 쉼 없이 공격에만 전념하느라 체력을 모두 소진한 코요테들이 하나 둘씩 바닥에 내동댕이쳐졌다. 메말랐던 땅은 결국 여기저기 널브러진 코요테 사체로 진창이 되었다.

하나의 씨앗이 땅에 떨어지면, 더욱이 그 땅이 햇빛과 영양분 모두 충분한 울창한 숲이라면 씨앗은 금세 싹을 틔우고 튼튼한 줄기로 자라난다. 줄기는 수일 내에 땅속 깊숙이 촘촘한 뿌리를 내려 무성한 가지와 잎을 만들어 낸다. 악도 그 성질과 비슷하여 한번 뿌리를 내리면 빠르게 자라난다.

새끼 빼꾸기를 죽인 이후 작은 곰은 거미를 죽였고 그 피로 땅에 반점을 새겼다. 반점은 다람쥐를 죽이고 석양을 가르고 코요테 무리를 몰살시킴으로써 메마른 대지를 축축하게 물들

였다. 이것만으로는 턱없이 부족했다. 고작 몇 번 악을 처단했다고 끝날 문제가 아니었다. 악은 매 순간 끊임없이 뿌리를 내리고 줄기와 가지를 뻗으며 꽃과 열매를 맺으며 빠르게 퍼져 나가고 있을 것이다. 그 행태가 단순하고 대담하여 눈에 쉽게 띄는 것이 있는가 하면 교활하고 사소하여 눈에 띄기 어려운 것도 있을 것이다.

작은 곰은 걸음을 재촉했다. 달과 해가 서로 경쟁이라도 하듯 밤낮을 바삐 오가는 동안 쉬지 않고 주어진 사명을 다하기 위해 부지런히 노력했다. 그 결과 작은 곰이 지나간 숲은 불완전한 형태의 사체로 가득 찼다. 가지마다 크고 작은 짐승들의 머리가 대롱대롱 매달려 뇌수를 쏟아 냈다. 찢긴 살가죽은 아무렇게나 걸쳐진 채로 나부꼈다. 땅은 사체들이 남긴 내장으로 끈적였고, 잔꾀와 속임수를 일삼는 뱀이나 숲에 바이러스를 퍼뜨리고 다니는 박쥐 등이 산 채로 껍질이 벗겨져 그 속에서 꿈틀거리고 퍼덕이며 핏빛 물보라를 일으켰다. 숲은 온통 피로, 조금씩 태초의 모습으로 돌아가고 있었다. 그러나 앞으로 나아갈 곳은 여전히 녹음으로, 악으로 울창했다. 작은 곰은 선과 악 한가운데 홀로 서서 조금은 지친 듯 가쁜 숨을 내쉬며 아직도 갈 길이 멀구나, 생각했다.

11

며칠 동안 거세게 비가 내리다 그쳤다. 달 없는 검은 하늘 아래 만물이 짙게 멍들어서일까. 작은 곰은 마음이 무거웠다. 문득 옥빛 연못가에 홀로 앉아 있을 흰공작이 떠올랐다. 흰공작은 작은 곰에게 "다시 떠날 거죠?"라며 바다를 건너면 흰공작을 만날 수 있을 거라고 했다. 그렇게 말하던 모습이 자꾸만 떠올라 가슴이 아렸다.

바다 그리고 흰곰……. 요 며칠간 작은 곰은 좀처럼 생각할 여유가 없었다. 사명을 행하는 데만 전념하느라 까맣게 잊고 있었다. 애써 바다를 떠올려 보았다. 흰곰도 떠올려 보았다. 하지만 잘 떠오르지 않았다. 모든 게 아직 저 멀리 있는 듯했다.

나뭇잎에 맺힌 빗방울이 잎맥을 따라 한데 모였다가 또르르 떨어지면서 퐁 하는 소리를 냈다. 먼저 떨어져 땅에 고여 있는 빗물을 밀어내는 소리다. 현재가 과거를 매몰차게 내리치는 소리다. 그래도 자꾸만 옛 생각이 나는 것은 어째서일까.

이내 다시 비가 내리기 시작했다. 빗방울은 작은 곰의 머리와 콧잔등, 가슴으로 떨어져 내렸다. 그럴 때마다 툭 하고 둔탁한 소리가 났다. 빗방울이 무서운 바늘이 되어 툭 하고 가슴에 꽂히는 소리다. 가슴이 아파서 신음하게 만드는 소리다.

작은 곰은 다시금 각오를 다지기 위해 있는 힘껏 몸을 털었다. 잘게 부서진 빗방울이 사방으로 흩어졌다. 그 멀어지는 기억 속에 눈물을 숨기고 말했다.

"……이제 그만 따라오세요."

그러자 뒤쪽에서부터 축축하게 젖은 나무들이 차례로 하나씩 흔들리더니 기다란 꼬리가 아래로 쑥 튀어나왔다.

"제법인걸! 어떻게 알았지, 내가 따라왔다는 걸?"

숲에 들어와 처음 만난 나이 든 원숭이였다.

그사이 잘 지냈는지 눈에 띄게 건강해진 모습이었다. 굽은 등에 주렁주렁 매달린 혹도 제법 붙은 살과 삐죽삐죽 자란 털 덕분에 덜 흉측해 보였고 거무튀튀했던 피부도 혈색이 돌았다. 다만 희멀건 액체를 뚝뚝 떨어뜨리던 고름주머니만은 그대로인 듯했다. 털에 가려 보이지는 않지만 숲을 가득 채운 피비린내를 뚫고 풍기는 역한 냄새만큼은 숨길 수 없었다.

"이렇게 지독한 냄새는 흔하지 않잖아요. 그 목에 맨 쇠사슬 소리도요."

"비가 오니까 가려워서 견딜 수가 있어야지!"

원숭이가 널브러지듯 땅에 드러누워 사타구니를 벅벅 긁어댔다. 손이 고름주머니를 스칠 때마다 피가 섞인 희멀건 액체가 바닥으로 뚝뚝 떨어졌다.

“그나저나 많이 변했군. 분명 얼마 못 버티고 굶어 죽을 줄 알았는데 제법이란 말이야.”

“그대로 두면 더 안 좋아질 거예요. 지금이라도 깨끗한 물로 씻으면…….”

“깨끗한 물? 그럼 그렇지! 여전히 멍청하군. 우끼끼끼…….”

원숭이가 간신히 웃음을 참고 말을 이었다.

“네가 숲을 헤집고 다니는 바람에 끼니 걱정은 덜하게 되었지만, 자, 뒤를 한번 봐! 이런 곳에서 깨끗한 물을 찾을 수 있을 거라고 생각해?”

“이런 곳이라니, 무슨 말이죠?”

“쯧쯧…… 이 한심하고 멍청한 녀석아, 숲은 죽어 가고 있다고! 우끼끼끼…….”

원숭이는 다시 숨이 넘어가라 웃었다.

작은 곰은 혼란스러웠다. 도무지 이해가 되지 않았다. 숲은 태초의 상태로 돌아가고 있는데 깨끗한 물을 찾을 수 없다니, 숲이 죽어 가고 있다니!

“난 그저 옳은 일을 하고 있을 뿐이에요. 숲을 뒤흔드는 악을 모조리 없애고 나면…….”

“뭐, 악? 혹시 머리가 어떻게 된 거 아니야? 악이라고?”

원숭이는 아예 뒤로 나자빠져서 웃느라 거의 숨이 넘어갈 듯 보였다.

순간 작은 곰은 흰공작과 연못이 다시 떠올랐다.

"그럼 연못은, 연못은 어떻게 됐죠? 나를 따라왔다면 알 거 아니에요?"

"악이라니…… 완전히 돌았나 보군! 우끼끼끼……."

"웃지만 말고 어서 말해요!"

작은 곰이 자신도 모르게 발톱을 내밀며 소리쳤다.

"진정하라고. 그러다 나까지 죽이겠어. 우끼끼끼……. 좋아, 말해 주지. 그 연못은 말이야……."

원숭이가 여전히 웃음을 띤 채 말을 이어 가려는 순간이었다. 칠흑 같은 어둠을 가르며 번쩍 하고 번개가 치자, 목에 맨 쇠사슬이 끊어지면서 원숭이의 머리가 검붉은 피를 뿜으며 허공으로 솟구쳤다. 남은 몸뚱이와 팔다리는 심한 경련으로 마구 뒤틀리기 시작했고, 다시 한번 번쩍 하고 번개가 치자 반으로 갈라져 그대로 주저앉았다.

허공으로 솟구친 머리는 어디로 날아갔는지 보이지 않았다. 하지만 분명히 그 머리에는 여전히 웃는 얼굴이 있을 것이다. 평온한 죽음은 아니겠지만 어쩌면 최선의 죽음일지도 모른다. 자신도 모르는 사이에 웃는 얼굴을 하고 하늘로 날아갔으니, 무거운 쇠사슬을 벗어던지고 훨훨 날아갔으니 말이다. 고름으로 범벅이 된 덧없는 육체만 땅에 남긴 채 날아갔으니, 이보다 더 홀가분한 죽음은 없을 것이다.

"왜 이런 짓을……."

작은 곰이 덤덤한 표정으로 중얼거리듯 말했다.

그러자 캄캄한 어둠 속에서 단단한 체구에 유연한 허리를 가진 검은색 암컷 쿠거가 두툼하고 긴 꼬리를 좌우로 흔들고 양 어깨를 번갈아 들썩이며 노랗게 빛나는 눈동자를 앞세우고 모습을 드러냈다. 아직 식지 않았을 피 묻은 발톱은 발 아래에 숨긴 듯 보이지 않았다.

"냄새가 아주 고약했거든."

작은 곰은 후각이 매우 발달한 편이다. 그럼에도 불구하고 쿠거가 가까이 다가와 모습을 나타내기 전까지 그 존재를 전혀 눈치 채지 못했다. 원숭이의 지독한 고름 냄새에 그만 주위를 경계하지 못한 것이다.

"고작 그런 이유로 살육을 저질렀단 말인가요?"

"고작 그런 이유라니, 네가 저지른 짓은 생각도 하지 않는군. 잠시 자리를 비운 사이 누군가 사냥 연습 중인 내 새끼들을 모조리 죽여 놨더군. 마침 어린 곰 한 마리가 숲을 온통 헤집고 다닌다는 소문을 들은 터라 쉽게 알 수 있었지. 내 새끼들을 죽인 놈이 바로 너라는 사실을."

"마땅히 해야 할 일을 했을 뿐이에요."

작은 곰은 어린 쿠거 두 마리를 죽인 적이 있다. 먹지도 않을 거면서 겁에 질린 들쥐 한 마리를 구석에 몰아넣고 괴롭히는 모습을 본 이상 그냥 지나칠 수 없었기 때문이다.

"마땅히 해야 할 일이라고?"

쿠거가 순간 평정심을 잃고 소리를 지르자 원한을 품고 때를 기다리던 발톱과 송곳니가 모습을 드러냈다. 특히 송곳니는 상당히 길고 날카로워 보였다.

"그 뒤로 줄곧 너를 추적했다. 어렵지는 않았지. 네가 지나간 곳은 피비린내가 진동을 하니까. 더 이상 긴 말은 필요 없겠지? 이제 내가 복수할 차례다. 네가 원숭이에게 지껄여 댄 것처럼 악을 심판할 차례다!"

작은 곰도 어미를 잃었다. 그렇기 때문에 가장 가깝고 의지할 수 있는 유일한 존재를 잃은 슬픔을 안다. 그러나 그 슬픔이 아무리 클지라도 새끼를 잃은 어미의 심정에 비할 수는 없을 것이다. 자식을 잃은 부모의 마음은 무너진 하늘의 파편에 가슴을 찔리는 것보다 더 아프다.

12

비슷하지만 서로 다른 슬픔과 목적을 지닌 두 마리 맹수가 한자리에서 상대방을 매섭게 노려보고 있다. 목적이란 확고한 의지의 표현이자 사명을 행하는 힘이다. 이는 거역할 수 없는 거대한 힘에 이끌려 움직이는데, 이것이 바로 운명이다.

운명은 저마다 다른 사명으로 나아갈 방향을 제시한다. 묵묵히 사명을 따르는 여정에는 반드시 위험이 함께 하며 느닷없이 찾아온다. 그것을 헤쳐 나가느냐 마느냐는 오롯이 결정하는 자의 몫으로 남겨 둔 채.

바람에 꺾인 나뭇가지는 그것으로 끝이다. 바람을 이겨 낸 나뭇가지는 잎을 틔우고 꽃을 피운다. 운명을 따르자고 마음먹었다면 주어진 상황에 자신을 내맡기고 아무리 큰 위험일지라도, 아무리 강한 적일지라도 맞서 싸워서 이겨야 한다. 그래야만 운명이 이끄는 종착지에 도달할 수 있다. 반드시 이겨서 바다에 가야 한다. 흰곰을 만나야 한다.

작은 곰에게 이번 싸움은 결코 만만치 않아 보였다. 그도 그럴 것이 완전한 어른이 된 후라면 모를까, 아직 덜 자란 작은 곰에게 쿠거는 벅찬 상대가 분명했다. 그래도 결과는 알 수 없다. 쿠거는 출산한 지 얼마 안 된 몸이다.

싸움이 시작되고, 막상막하의 싸움은 긴장과 공방 속에서 살며시 눈뜨기 시작한 달이 그 치열함에 하얗게 질려 달아났다가 다시 돌아올 때까지 이어졌다. 이러다가는 승부는커녕 양쪽 모두 탈진으로 쓰러지고 말 터였다. 아니, 여태 쓰러지지 않은 게 기적일 것이다.

승부는 방심하는 순간 갈린다. 상대의 움직임에서 잠시라도 눈을 떼는 순간 되돌릴 수 없는 상황에 맞닥뜨리고 만다. 작은 곰은 쿠거의 동작 하나하나를 빈틈없이 지켜보며 기회를 노렸다. 절대로 기회를 놓치지 않으리라, 다짐했다.

그때 쿠거가 잠시 주춤한 기색을 보였다. 기회다! 작은 곰은 속으로 쾌재를 부르며 맹렬히 달려들었다. 시간이 지나면서 평정심을 되찾은 쿠거가 파 놓은 함정인 줄 모른 채 힘껏 오른발을 휘둘렀다. 그러자 쿠거가 기다렸다는 듯이 긴 꼬리를 이용해 민첩한 동작으로 방향을 틀었다. 당했다! 작은 곰은 그만 중심이 흐트러지고 말았다. 쿠거는 틈을 놓치지 않고 일격을 가했다. 뾰족한 송곳니가 작은 곰의 오른쪽 앞발을 그대로 관통했다. 끝났다! 쿠거는 승리를 확신했다.

작은 곰이 한 쪽 발을 못 쓰게 된 이상 쿠거의 승리는 확실해 보였다. 하지만 이대로 물러설 작은 곰이 아니다. 지금이야말로 그동안 싸워 온 경험과 기지, 집념을 발휘할 때였다. 작은 곰은 아픔도 잊은 채 힘줄이 끊어져 말을 듣지 않는 앞발을 포기하고 쿠거의 송곳니가 빠져나가지 못하게끔 자세를 낮춘 뒤 최후의 반격을 가했다.

쿠거의 비명이 날카롭게 숲을 가르고 놀란 새들이 푸드덕 하늘로 날아올랐다. 쿠거의 아래턱도 새들과 함께 어디론가 날아갔다. 방심하는 순간 승부가 갈린 것이다.

작은 곰의 앞발에는 여전히 부러진 쿠거의 송곳니가 박혀 있었다. 이빨로 물어 뽑아내자 왈칵 피가 쏟아져 나왔다. 이미 감각을 잃은 터라 통증은 없었다. 그토록 원한 승리였건만 이상하게 기쁘지도 않았다.

그때 작은 곰의 목덜미 쪽에서 축축한 온기가 느껴졌다. 뒤돌아보니 아래턱을 잃은 쿠거가 피범벅이 된 채 작은 곰의 목덜미를 물려고 마지막 남은 힘을 모아 달려들었다.

"그만…… 이제 그만 해요……."

작은 곰이 애원하듯 말을 흐리며 절뚝거리는 다리로 한 걸음 물러섰다.

하지만 쿠거는 그만둘 생각이 없는 듯했다. 제 몸 하나 가누기 힘든 상황에서 턱을 잃을 때 받은 충격으로 반쯤 튀어나온 초점 없는 눈으로 작은 곰을 노려보며 끊임없이 작은 곰을 물려고 달려들었다.

"제발, 제발 그만……."

작은 곰은 겁이 났다. 어미 곰을 잃고 밀렵꾼에게서 도망칠 때와는 또 다른 공포가 엄습했다.

작은 곰은 절뚝거리는 다리로 있는 힘을 다해 뒤돌아 도망치기 시작했다. 피 흘리는 쿠거에게서 벗어나기 위해, 목 없는 새끼 뻐꾸기의 날갯짓 소리에 귀를 막고, 몸통 없는 거미가 뿜어대는 거미줄을 뿌리치며, 그렇게 갈기갈기 찢긴 동물들의 악령을 피해 무작정 앞만 보고 달렸다. 차마 뒤를 돌아볼 용기가 나지 않았다. 이런 상황을 이해할 수 없었다. 아니, 현실을 믿기 싫었다. 오롯이 선을 위한 일이라 믿고 행한 모든 싸움을 한낱 물거품으로 되돌릴 수는 없었다.

작은 곰은 울부짖으며 족히 수 킬로미터를 달렸다. 어쩌면 수십 수백 킬로미터를 달렸을지도 모른다. 거리야 어찌되었든 상관없다. 정신을 차렸을 때는 숲을 빠져나와 캄캄한 밤, 다시 혼자가 된 후였다.

'지금껏 나는 무엇을 한 걸까…….'

멀리 새끼 잃은 어미 새의 구슬픈 울음소리가 별빛 가득한 밤하늘을 소리 없이 울렸다.

13

쿠거와의 싸움 이후 작은 곰은 낮이면 번뇌로 괴롭고 밤이면 악몽에 시달렸으며, 제대로 먹지도 자지도 못한 탓에 수척한 몰골로 변해 있었다. 한동안 씻지 못한 탓에 냄새도 고약했다. 그러나 빈번히 흐르는 코피 때문에 자신에게 어떤 냄새가 나는지도 몰랐다. 오직 죽음에 가까운 지독한 냄새만 느껴졌다.

쿠거의 송곳니에 찔린 앞발 또한 상태가 매우 좋지 않았다. 그럼에도 불구하고 작은 곰은 계속 앞으로 나아갔다. 결코 걷는 것을 멈추지 않았다. 사명 따위는 잊었다. 삶과 죽음, 선과 악에 대해서도 더 이상 생각할 여력이 없었다. 그저 어딘가에 있을 바다를 향해 나아갈 뿐이었다.

휘휘 하는 휘파람 소리에 눈을 떴다. 아침 햇살이 유난히 따사롭게 느껴졌다. 하늘에는 나뭇잎 한 장, 구름 한 점 보이지 않았다. 작은 곰은 아무것도 없이 텅 빈 하늘은 참 아름답구나, 생각했다. 어쩌면 꿈일지도 모른다는 생각까지 들었다. 만약 꿈이 아니라면 이대로 영영 꿈속이고 싶었다.

조금 더 하늘을 보고 싶었지만 자꾸만 눈꺼풀이 내려앉았다. 아무리 눈에 힘을 주어도 자꾸만 내려앉았다. 작은 곰은 그 얇은 암흑 속에서 서서히, 비록 바랐던 것은 아니지만 자신의 운명을 마주할 시간이 임박했음을 느낄 수 있었다. 어쩐지 서글펐다. 작은 곰은 그렇게 잔뜩 웅크린 채 훌쩍이다가 다시 잠이 들었다. 이상하리만큼 깊은 잠이었다. 번뇌도 악몽도 없는, 그래서 불안하기만 한 깊은 잠이었다.

아른거리는 그림자에 잠에서 깨어 눈을 떠 보니 털이 하얗게 샌, 파란 눈동자를 가진 거대한 호랑이 한 마리가 자신을 내려다보고 있었다. 불현듯 꿈이 아니어도 좋겠다는 생각과 죽는다는 두려움이 동시에 다가왔다.

"걱정 마라. 이빨 빠진 호랑이는 곰을 잡아먹지 못한단다."

"영역을 침범했다면 죄송합니다. 그럼 이만……."

작은 곰이 몸을 일으키려는데 좀처럼 몸이 말을 듣지 않았다.

"그 몸으로는 무리하지 않는 편이 좋겠구나."

"어서 가야 합니다."

"간다니, 어디로 말이냐? 더 이상 갈 곳은 없을 텐데."

"바다에 가야만 합니다."

"저런, 냄새를 맡지 못하는 게로구나. 다행히 그리 멀지 않단다. 그 전에 급한 대로 약초를 구해 줄 테니 기력부터 회복하고 함께 가자꾸나. 근처까지는 데려다 줄 수 있으니……. 이곳은 안전하니 마음 푹 놓고 쉬고 있거라."

호랑이의 말처럼 주위에 별다른 위험은 없는 듯 보였다. 주위는 매우 고요하고 호랑이의 발자국 외에는 다른 동물의 흔적조차 보이지 않았다. 개미 떼가 줄지어 이리저리 왔다 갔다 할 뿐이었다.

개미 떼는 집을 짓는지 저마다 입에 흙을 한 움큼씩 물고 좁은 구멍 안에서 밖으로 분주히 옮기고 있었다. 자신의 몸보다 몇 배는 더 커다란 풀뿌리를 끌고 나오는 녀석도 있었다. 한편 빈 몸으로 천천히 왔다 갔다 하며 게으름 피우는 녀석도 보였다. 아무렴 어떤가. 모두 어떻게든 살아가고 있다.

"무엇을 그렇게 보고 있느냐?"

약초를 가지고 돌아온 호랑이가 물었다.

"집을 짓고 있나 봐요."

"겨울을 준비하는 게지. 그것보다 자, 어서 먹거라."

호랑이가 건네준 약초는 여느 동그랗게 생긴 풀잎과 별반 다를 게 없었다. 그러나 효능은 대단했다. 입에 넣고 간신히 삼키자마자 구역질이 나면서 구토하기 시작했다. 위액이 다 마를 때까지 몇 번이고 계속했다. 마지막에는 질퍽한 핏덩어리가 한 움큼 쏟아져 나왔다. 뱃속에 들어찬 액체란 액체는 모조리 쏟아져 나온 듯싶었다. 잠시 후 조금이나마 정신이 온전해진 기분이 들었다.

"임시방편이겠지만 효과는 있을 거다. 그래도 아직 움직이는 건 무리일 테니 조금 더 쉬려무나. 그런데 어쩌다 이런 몸으로 여기까지 오게 된 건지 말해 줄 수 있겠니?"

호랑이의 눈은 상대가 그 속내를 털어놓게 만드는 재주가 있다. 물론 그 눈을 똑바로 쳐다볼 만한 용기가 있다면 말이다. 작은 곰은 그만한 용기를 지닌 곰이었다. 작은 곰은 어미 곰을 잃은 후 숲에서 일어난 일을 호랑이에게 전부 들려주었다. 호랑이도 오랜 시간 자신이 걸어온 삶을, 오직 작은 곰만 들을 수 있도록 바람에 숨겨 비밀스러운 목소리로 이야기했다. 진심을 말하는 자 앞에서는 결코 비밀이 있어서는 안 된다. 호랑이는 그것이 인정이고 도리라고 생각했다. 또한 그 내면에는 오직 자신의 운명을 따라 걸어온 작은 곰을 향한 어렴풋한 경외심이 깃들어 있었을 것이다.

"자, 그럼 이제 가 볼까?"

"네."

"정말 괜찮겠지?"

"네, 반드시 가야 합니다."

천천히 지는 해를 바라보며 호랑이는 느릿느릿 작은 곰은 절뚝절뚝 걸었다. 누구 하나 일부러 속도를 맞추지 않아도 똑같은 속도로 걸었다. 운명은 그렇게 천천히 다가오고 있었다.

해가 지고 달이 길을 환하게 밝혀 주었다. 높은 덤불숲이 가로막았지만 문제 될 것은 없었다. 긁히든 찢기든 앞으로 나아가면 그만이었다.

"거의 다 왔구나. 여기만 지나면 세상의 끝이자 바다의 시작이란다. 그럼 나는 이만 돌아가마."

호랑이가 걸음을 멈추고 말했다.

"함께 가지 않으실래요?"

호랑이는 망설임 없이 고개를 저었다.

"아니다. 그만 이쯤에서 헤어지자꾸나. 언젠가 우리가 다시 만나면 그때 바다에 대해 들려주렴."

작은 곰은 바다를 앞두고 돌아서는 호랑이의 뒷모습이 어쩐지 쓸쓸해 보였다.

덤불숲을 가르자 대지가 밤하늘과 맞붙어 가느다란 선을 긋는다. 가느다란 선은 대지의 끝으로 바위 절벽이고, 그 너머에 바다가 있다. 작은 곰이 그토록 간절히 그리던 바다가 있다.

작은 곰은 긴장한 걸음으로 절벽을 향해 나아갔다. 절벽 끝에 가까워질수록 철썩철썩 하는 소리가 가깝게 들렸다. 절벽 끝에 도착하자 보이는 것은 오직 까마득한 어둠에 부딪히는 희미한 물거품뿐이었다.

작은 곰이 막막한 어둠 속에서 물거품 소리에만 의지한 채 바다의 실체를 찾기 위해 애쓰고 있을 때였다. 멀리에서 휘휘하고 희미한 휘파람 소리가 들려왔다. 점점 또렷하게 들려오더니 휘파람 소리인 줄만 알았던 소리가 노랫소리가 되어 선명하게 들렸다. 그제야 작은 곰의 눈앞에 드넓은 바다가 펼쳐졌다. 달빛 일렁이는 곳이 바다다. 그리고 이곳이 바다라고 알려 준 것은 거대한 혹등고래였다.

"당신이 나를 이곳으로 불렀나요?"

작은 곰이 묻자 고래는 수면 위로 힘껏 뛰어올랐다 떨어지면서 달빛 아래로 반짝이는 물보라를 만들었다.

"흰곰을 만나고 싶어요. 저를 그곳으로 데려다 줄 수 있나요?"

고래는 노랫소리로 그렇다고 대답했다. 망설이지 말라고 대답했다. 서두르라고 대답했다.

"잠시 시간을 주세요. 금방 돌아올게요. 꼭 돌아올게요."

작은 곰은 절뚝거리며 다시 덤불숲으로 향했다. 흰곰을 만나면 줄 선물을 구하러 간 것이다. 바다에는 땅이 없으니 나무가 없을 터, 초록 잎이야말로 흰곰의 선물로 제격일 거라고 생각했다. 하지만 좀처럼 적당한 것이 보이지 않았다. 작은 곰의 눈속에서 차오르는 어둠은 모든 잎을 붉게 만들었고, 어느 게 싱싱한 것인지 시든 것인지 도무지 알 수가 없었다. 만져 볼 수도 없었다. 오른발은 무용지물이고 왼발을 들라치면 자꾸만 앞으로 고꾸라졌다. 바다에서는 고래가 어서 돌아오기만 기다리고 있을 것이다. 혹시라도 기다리다 지쳐서 가 버리면 안 된다. 가능한 한 빨리 흰곰에게 줄 초록 잎을 찾아야만 했다.

"이것이 좋겠구나."

어둠 속에서 푸르스름하게 빛나는 눈동자가 말했다.

호랑이는 작은 곰에게 세상에서 가장 아름다운 초록 잎 한 장을 건넸다. 작은 곰은 그것을 받으려고 몸을 일으켰다. 하지만 중심을 잃으며 다시 고꾸라지고 말았다.

"잘해 보려고 한 것뿐인데, 그저 살고자 한 것뿐인데, 왜 이리도 힘든가요……."

호랑이는 대답이 없었다. 그 대신 작은 곰을 일으켜 세우고는 가슴에 초록 잎을 정성스레 꽂아 주었다.

작은 곰은 덤불숲에서 나와 온 힘을 다해 세상 끝으로, 바다로 향했다.

운명은 여기까지다. 작은 곰을 여기까지 데려온 것으로 운명은 제 역할을 다했다. 고래는 잘 돌아왔다며 이전과는 사뭇 다른 감미로운 노랫소리로 작은 곰을 반겨 주었다.

작은 곰이 선택할 차례다. 미련은 아니었다. 뒤를 돌아보니 호랑이가 덤불숲 사이로 푸르스름하게 빛나던 눈동자 대신 바다 위 달빛이 일렁이듯 흔들리는 눈빛으로 작은 곰을 바라보고 있었다. 그러고 보니 호랑이에게 인사를 잊은 것 같다.

호랑이가 건네준 세상에서 가장 아름다운 초록 잎을 가슴에 꽂고, 작은 곰이 말했다.

"다녀올게요."

글 · 그림 이희우

이희우는 필명이다. 2017년에 발표한 첫 장편소설《길 위의 토요일》에서 따온 이름이다. 소설을 쓰기 전에는 그림을 그리며 살았다. 지금은 글을 쓰고 그림을 그린다.

작은 곰

초판 1쇄 발행 | 2018년 11월 19일

글 · 그림 | 이희우
발행인 | 김정희
편집 | 이정헌
마케팅 | 김선범
교정 | 노경수
디자인 | 이정헌
인쇄 | 공간

펴낸곳 | 도서출판 잔
출판등록 | 2017년 3월 22일 · 제2017-000113호
주소 | 06101 서울시 강남구 학동로44길 49
전화 | 02-3443-0334 · 팩스 | 0507-0316-8055
전자우편 | zhanpublishing@gmail.com
홈페이지 | www.zhanpublishing.com

ISBN 979-11-965176-1-8 03810

이 도서의 국립중앙도서관 출판예정도서목록(CIP)은 서지정보유통시스템 홈페이지(http://seoji.nl.go.kr)와 국가자료공동목록시스템(http://www.nl.go.kr/kolisnet)에서 이용하실 수 있습니다(CIP제어번호: CIP2018035052).